Ullstein Kriminalroman

Ullstein Kriminalroman
Lektorat: Georg Schmidt
Ullstein Buch Nr. 10609
im Verlag Ullstein GmbH,
Frankfurt/M – Berlin
Titel der englischen
Originalausgabe:
Where All the Girls Are Sweeter

Deutsche Erstausgabe

Umschlaggestaltung:
Horst Kraus
Umschlagbild:
Uwe Arens

Printed in Germany 1989
Gesamtherstellung:
Ebner Ulm
ISBN 3 548 10609 9

Juni 1989

Vom selben Autor
in der Reihe der
Ullstein Bücher:

Die Alpha-Liste (10053)
In der Hand des Kreml (10067)
Die andere Seite
des Schweigens (10150)
Seitenwechsel (10192)
Im Schatten der Spione (10216)
Jeder Spion hat seinen Preis (10287)
Am Rande der Einsamkeit (10303)
Das Mädchen aus Addis (10321)
Agenten sind treue Feinde/
Operation Schneeball/Quadrille
mit tödlichem Ausgang
Krimi-Brummer (10319)
Die Rächerin (10333)
Rennie (10356)
Kinder der Geborgenheit (10376)
Ein nützlicher Deutscher (10439)
Codewort Cromwell (10471)
Unternehmen Sonderkollekte (10492)
Der Omega-Minus-Prozeß/
Vergangenheit ist nie zu Ende/
Die Saat der Angst
Krimi-Brummer (10395)
Der Judas-Faktor (10538)
Wer die Liebe wählt (06160, geb.)
Bauernopfer (06418, geb.)

CIP-Titelaufnahme
der Deutschen Bibliothek

Allbeury, Ted:
Wer auf die Nachtigall schießt / Ted
Allbeury. – Dt. Erstausg. – Frankfurt/M;
Berlin: Ullstein, 1989
(Ullstein-Buch; Nr. 10609:
Ullstein-Kriminalroman)
ISBN 3-548-10609-9
NE: GT

Ted Allbeury

Wer auf die Nachtigall schießt

Übersetzt von Klaus-Dieter Schmidt

Ullstein Kriminalroman

Dieses Buch ist meinen Großeltern Albert Edward und Mary Bailey gewidmet. Sie sind schon lange tot, aber die Güte und Wärme, die sie mir in vielen Jahren meiner Kindheit gaben, soll nicht in Vergessenheit geraten.

Obwohl nie etwas erwartet wurde, weiß ich im nachhinein, daß ich viel zuwenig zurückgab.

In Santa Margherita
sind alle Mädchen süßer.
Altes Lied

1

Das Mädchen, das an der Bar saß, hatte ein kleines Wunder bewirkt. Jeden Abend um sechs Uhr dröhnte die Bar di Corso von all den Erzählungen über großartige Geschäfte und günstige Einkäufe und von den neuesten Witzen über den Vatikan. Aber jetzt hörte man nur noch ein paar Hintern unbehaglich auf den altersschwachen Stühlen hin und her rutschen und schwere Atemzüge. Ansonsten war es still. Frauen gingen nicht in die Bar di Corso. Sie war nicht für Frauen gedacht. Nicht daß sie nicht vollkommen respektabel gewesen wäre, aber in den letzten zwanzig Jahren hatte keine Frau dort einen Tropfen getrunken. Jede Frau hätte also genügend Aufsehen erregt, um den Lärmpegel auf die Hälfte zu reduzieren, aber diese hier hatte den gesamten Betrieb zum Erliegen gebracht. Sie hatte einen Whisky bestellt und sich dann, als der verdutzte Wirt zugab, daß er damit nicht dienen konnte, mit einem Brandy zufriedengegeben. Aller Augen hatten an ihr gehangen, als sie den ersten Schluck trank, und waren seither nicht von ihr gewichen. Sie war Anfang Zwanzig, hatte lange blonde Haare und ein so schönes Gesicht, daß keine weitere Sensation vonnöten war. Aber die Natur hat die Neigung zu übertreiben, und ihr dünnes T-Shirt tat nichts dazu, ihre vollen Brüste mit den sichtbar perfekten Spitzen zu verbergen. Und die engen ausgewaschenen Jeans schmiegten sich an ihre festen Oberschenkel, bis sie unterhalb der Knie, wo die Hosen abgeschnitten waren, den Blick auf sanft geschwungene Waden freigaben.

Soweit es sie betraf, war es durchaus möglich, daß sie sich des stummen Aufruhrs, den sie verursacht hatte, nicht bewußt war; sie trank ihr Glas in einem weiteren raschen Schluck aus, beugte sich hinunter, um ihre Segeltuchtasche aufzuheben, ging langsam hinaus und wandte sich in Richtung der Hotels. Aber wenn sie nichts bemerkt hatte, hätte sie sich wohl kaum bemüht, der ganzen Runde noch einen Extraschlenker ihrer ohnehin schon prachtvollen Kehrseite zu bieten.

Nachdem das Wunder entschwunden war, setzte, wie durch einen Knopfdruck des Allmächtigen entfesselt, eine Art Gewittersturm ein, in dem zwei Dutzend Italiener ihrem Unglauben und ihrer Bewunderung Luft machten. Sie waren sich schnell darüber einig, daß ihnen *un' Americana* erschienen wäre; dann gingen sie in die atemberaubenden Einzelheiten. Wissenschaftliche Untersuchungen haben ergeben, daß die Zeugen eines Ereignisses in der Regel nicht akkurat beschreiben können, was vorgegangen ist. Die Bar di Corso warf diese Theorie ein für allemal über den Haufen. Niemandem war auch nur das Geringste entgangen, und jeder konnte es exakt beschreiben, in Prosa oder in Versen, sogar mit metrischen Maßen.

Ich wartete noch eine halbe Stunde auf Mario und schlenderte dann zum Fischmarkt, um ein paar Schollen zu kaufen, ehe ich zum Boot zurückkehrte.

Es war eine Neun-Meter-Fjord aus Norwegen mit zwei kräftigen Volvo-Dieseln. Ich hatte sie an einen Textilfabrikanten verkauft und mich vertraglich verpflichtet, sie von Chichester nach Santa Margherita zu überführen. Eine Flasche für den Hafenmeister hatte mir einen Liegeplatz am Kai verschafft und so das Dingi erspart. Ich würde eine Woche brauchen, um das Boot aufzumöbeln. Der Fahrstand und die Stützen waren salzverkrustet, und Rumpf und Aufbau waren grau statt weiß; das Triebwerksgestänge der Backbordmaschine war verklemmt, und das UKW-Funkgerät brauchte einen neuen Kristall. Meine ausgebleichte rote Flagge würde ich behalten. Der neue Eigner gehörte einem der vornehmen Jacht-Clubs an und hatte eine blaue. Die er auch über Nacht hißte. Er hatte sie mitgebracht, als er seine alte Nuckelpinne übergab, die es kaum mehr über Canvay Island hinaus geschafft hätte.

Gäbe es die Hotels und den Oberbürgermeister nicht, würde man Santa Margherita wohl kaum als Stadt bezeichnen. Früher brachte man die Feriengäste mit Short Sunderlands her, die mitten in der Bucht landeten. Seitdem man den Zug oder den Küstenbus von Genua aus nehmen muß, ist der Ort exklusiver geworden, und man findet jetzt häufiger Mercedes, Rolls-Royce und Jaguar dort. Die Fjord war das sechste Boot, das ich nach Santa Margherita geschippert hatte. Bei Kriegsende war ich einen Monat lang hiergewesen, und mittlerweile fühlte ich mich wie ein Einheimischer.

Ich war ungefähr eine Stunde an Bord, als jemand nach mir rief. Ich ging aus dem Salon nach oben. Es war Mario. Er sah aus wie eine Figur aus dem Großen Gatsby: dunkles Jackett mit goldenen Knöpfen, weiße Hose, weißbraune Schuhe; ein Tribut an den englischen Geschmack. Er machte es sich auf einem der Stühle auf dem Heck bequem und setzte sein breites italienisches Lächeln auf. In den Tagen, als die Spezialeinheiten der SOE den Partisanen Waffen und Know-how lieferten – und das Sagen hatten –, war ich der Verbindungsoffizier zu seiner Gruppe in der Nähe von La Spezia gewesen.

Während ich ihm einen Drink einschenkte, klopfte er auf die Teakholzverschalung und fragte: »Gehört das alles dir, Max?«

»Es ist das, was ich Dixon verkauft habe. Dem Knaben, den wir zusammen kennengelernt haben.«

Mario war Miteigner von fast allem, was in Santa Margherita und Portofino im Wasser lag; er hatte sich einen recht ansehnlichen Anteil an der Schiffahrt vor diesem Küstenabschnitt gesichert. Seinem Charme und seiner Freundlichkeit hatte das keinen Abbruch getan, und er sah mit fünfundfünfzig immer noch jünger aus als die meisten Männer mit dreißig, trotz der grauen Einsprengsel in seinen dicken schwarzen Drahtlocken. Das altmodische Bärtchen à la Douglas Fairbanks und das Grinsen mit seinen großen weißen Pferdezähnen verfehlten jedenfalls ihre Wirkung auf Mädchen noch nicht.

»Da ist ein Deutscher aus dem Lido. Er will ein Chris Craft oder Grand Banks. Kannst du ihm vielleicht helfen?«

»Wie groß soll es sein?«

»Neun oder zehn Meter. Benzin oder Diesel, ist ihm egal.«

»Okay, das läßt sich machen.«

Er lächelte und hob sein Glas, kam aber nicht zum Trinken, da ihn offenbar etwas auf dem Kai gefesselt hatte. Er stellte das Glas langsam auf den Kartentisch zurück. Ich blieb unbeteiligt, da mir die Salontür die Aussicht versperrte. Auch noch, als er ausrief: *»Mamma mia! Che bella ragazza, che carena. Guardi la figura e le gambe . . .«*

Als er fast alles durchhatte, stieß ich die Jalousietür mit dem Fuß zur Seite. Es war die Blondine aus dem Café. Als sie mich sah, beugte sie sich zu uns herunter, und ihre langen blonden Haare fielen auf ihre Knie.

»Sind Sie der Engländer?«

»Welcher Engländer?«

»Können Sie mir einen Platz für die Nacht geben? Ich bezahle dafür.«

Wenn ich ein Prinzip habe, dann das, kein schnelles Geld mit dem Boot eines Klienten zu machen. Hundert Dollar für eine eigenmächtige Tagesvermietung können den Verlust einer ganzen Reihe von Verkäufen bedeuten. Aber diese Blondine war bezaubernd, und vielleicht konnte sie mehr kochen als nur Fischstäbchen.

»Können Sie kochen?«

Die langen blonden Haare schwangen wie in einer Fernsehwerbung für ein Shampoo. »Nein, Mister. Kann ich nicht.«

»Warum nimmst du dir kein Hotelzimmer, Süße? Die alte Dame im Strandkiosk besorgt dir was Billiges.«

Sie blinzelte mich aus einem grauen Auge an, da ihr die tiefstehende Abendsonne direkt ins Gesicht schien. Dann seufzte sie, stand auf und griff nach ihrer Segeltuchtasche. Sie sah sehr jung aus, und ihre Handgelenke wirkten dünn und zerbrechlich wie die Stengel von Narzissen. Sie hatte sich schon abgewandt, als ich ihr zurief: »Komm doch auf einen Drink runter.«

Sie stieg aus ihren Sandalen und kam über die schmale Planke, die vom Kai aufs Boot führte. Es gab fast keine Bewegung, da ich es fest angetäut hatte, und das Mädchen hüpfte auf die Sitzfläche und von dort auf die Teakholzgräting des Decks. Dann langte sie auf den Kai nach ihrer Tasche, und Mario erfüllte seine Kavalierspflicht, indem er sie ihr abnahm und auf den Boden stellte, bevor er sich von uns verabschiedete. Auf dem Kai drehte er sich noch einmal um und winkte uns zu.

»Ciao, Max, a domani – à la dieci.«

Das Mädchen saß in dem geblümten Stuhl, mit einem Fuß auf ihrer Tasche, und beugte sich hinunter, um Dreck und Sand von ihren Füßen zu wischen. Ich ging in den Salon hinab und goß ihr einen Whisky ein. Nachdem sie einen Schluck genommen hatte, fing ich an.

»Wie heißen Sie, Herzchen?«

Sie antwortete, ohne aufzusehen. »Tammy.«

»Tammy wie?«

»Einfach Tammy.« Dann sah sie hoch. »Was wollen Sie, eine Nummer oder meine Lebensgeschichte?«

Ich betrachtete ihr hübsches Gesicht. Ihre Augen hatten die Farbe von aufgeschnittenen Stachelbeeren, mit Punkten darin, deren Färbung ich nicht ausmachen konnte. Ihre Nase war schmal, mit glatten Flügeln, und ihr Mund breit und voll. Sie ertrug meinen Blick, ohne mit der Wimper zu zucken oder das Gesicht wegzudrehen.

»Was wäre *Ihnen* lieber, Tammy, gebackene Bohnen oder Spiegeleier?«

Als sie lächelte, fühlte ich eine blödsinnige Freude in mir aufkommen.

»Bohnen auf Toast?«

»Auf Toast. Bringen Sie Ihre Tasche mit runter.«

Ich fischte in der Kimm nach einer Büchse. Nur noch eine von ihnen schmückte ein Etikett – *Chili con carne.* Ich öffnete drei von ihnen, bevor ich ins Schwarze traf. Ich bin gut in Bohnen. Das macht die Übung; für mich heißt es: »Gib uns unsre täglich Bohnen.« Ein Stück von Sainsbury's Normandie-Butter war auch noch da, und ich veredelte die Bohnen mit einer dicken Scheibe davon. Sie aß so artig, als ginge sie noch zur Schule, während ich zwei Tassen Rührkaffee zurechtmachte.

Die Schaumstoffsitze zu beiden Seiten des Salontisches waren bequem, und als ich mich ihr gegenüber hinsetzte, lehnte sie sich zurück, streckte ihre langen Beine aus und sah sich ohne großes Interesse im Salon um. Ich bot ihr eine Zigarette an, aber sie schüttelte den Kopf, und ihre Haare machten wieder diese wunderbare Bewegung.

»Warum sind Sie zu diesem Boot gekommen?«

Sie sah mich eine Weile schweigend an, bevor sie antwortete. »Ich hatte Angst.«

»Wovor?«

»Ich weiß nicht genau. Ich hatte eine Verabredung, aber irgend etwas ist schiefgelaufen. Kann ich ein paar Tage hierbleiben?«

Sie war anscheinend nicht bereit, mich einzuweihen, aber das war schließlich ihre Sache.

»Sicher.«

Ich spielte zwei Stunden lang Scrabble mit ihr, und sie machte es ziemlich raffiniert. Einmal legte sie »ax« als Wort, und als ich protestierte, zeigte sie es mir in meinem *Chambers' Twentieth Century.* Bei einem Mädchen, das so etwas tut, muß man sich vorsehen. Als wir uns in einer Ecke festgefahren hatten, machten wir Schluß, und während ich die Steine einsammelte, sagte sie: »Sie scheinen hier ziemlich bekannt zu sein. Sie verkaufen Boote, nicht wahr?«

»Ja. Ich kaufe und verkaufe sie. Ich hab zwar das Gefühl, als würde ich ständig kaufen, aber der Rest der Welt denkt vermutlich, ich verkaufe immer nur. Die Boote sind das zweitbeste nach ...« Ich verstummte, weil mir kein passendes Erstbestes einfiel. Sie lächelte, also flüchtete ich in die Initiative und sagte: »Haben Sie Lust auf einen Bummel vor dem Schlafengehen?«

Der Brandy hatte sie offenbar angeregt, jedenfalls reagierte sie auf meinen Vorschlag aufgeregt wie ein Kind, und ich hatte das Gefühl, plötzlich eine Tochter zu haben. Ich hielt sie an der Hand, während wir über die Planke, die inzwischen in einer leichten Dünung zu schwanken begonnen hatte, zum Kai balancierten, und nichts schien natürlicher zu sein, als sie weiter zu halten, während wir auf die Lichter zugingen. Zwischen den Straßenbäumen brannten bereits die Laternen, und ich pfiff Giovanni und seine *carrozza* heran. Er kutschierte uns gemächlich nach Portofino, wo wir Eis aßen und Espresso tranken, und gegen elf waren wir zurück auf dem Boot.

Als wir die Treppe zum Salon hinuntergingen, lagen ihre Hände auf meinen Schultern. Das Boot schaukelte sacht, und als ich mich am Fuß der Treppe umdrehte und in ihr Gesicht sah, konnte ich in den großen grauen Augen lesen, daß sie genau wußte, woran ich dachte, und sie sagten nicht nein. Ich beschwor angestrengt Bilder von Friedhöfen und gräßlichen Wunden herauf und küßte sie auf die Wange. Dann riß ich mich zurück.

»Okay, Tammy. Die vordere Koje gehört dir. Ich werde mich nach draußen in die schöne, frische Nachtluft verfügen.«

Und diese kleine Hexe erwiderte doch tatsächlich: »Okay, Käpt'n, ganz wie Sie wollen.«

Ich schloß die Türen und machte es mir in meinem Schlafsack auf dem Hinterdeck bequem. Zwanzig Minuten lang horchte ich, für den Fall, daß sie herauskam, um sich an mich zu kuscheln, wie es in den Romanen immer passiert. Aber meine einzige Gesellschaft blieben die Mücken. Zehn Minuten lang versuchte ich nicht daran zu denken, wie sie ohne Hemd und Jeans aussehen mochte. Auch das erfolglos. Die nächste halbe Stunde gab ich mich ohne jede Gegenwehr meinen Vorstellungen hin, in prächtigstem Technicolor. Sie war inzwischen ebenfalls im Land der Träume angekommen, wie ihr Schnarchen bewies. Es klang etwas unerwartet, kaum wie das eines hübschen Mädchens. Eher wie das eines betrunkenen Rugbycracks.

2

Der Wind mußte in der Nacht aufgefrischt sein, denn um drei Uhr morgens schürfte das Boot an den Landeplatz. Ich brauchte eine Viertelstunde, um die Leinen zu spannen. Die Lichter auf einigen anderen Booten zeigten an, daß auch dort die Mannschaften an der Arbeit waren.

Als ich fertig war, stieg ich auf den Kai, um die Puffer zu überprüfen. Es war sehr dunkel, und ich beugte mich hinunter, um sehen zu können, wie weit ich sie herabließ, damit sie in die richtige Position kamen, um eine Beschädigung der Bordwand zu verhindern. Dann stand ich auf und trat zurück, um die Seile an den Pfosten zu überprüfen. Eine scharfe Stimme sagte: »Keine Bewegung, Mister, ganz ruhig.« Gleichzeitig spürte ich den Lauf einer Pistole im Rücken. Er mußte im Schatten der Mauer auf mich gewartet haben. Jemandem die Knarre ins Kreuz zu drücken, zeugt nicht gerade von Klugheit, weist eher auf einen Amateur hin. Die Pistole sollte mindestens eine Armlänge entfernt gehalten werden.

»Gehn Sie einfach gradeaus, Mann, und zwar sehr langsam.« Der Druck der Pistole wies mir den Weg, und ich machte drei Schritte, packte seine Hand, klemmte seinen Arm fest und schickte ihn mit dem, was die Judoka einen »Hüftfeger« nennen, zu Boden; sein Arm krachte hörbar, als er auf dem Rücken landete. Er grabschte mit dem gesunden Arm nach meinen Beinen, und ich landete mit einem Knie in seiner Leistengegend und mit dem anderen auf seinem Bauch. Der Griff nach seiner Kehle schlug fehl, und er rollte sich weg, mit seinem gebrochenen Arm ein verheerender Fehler. Ich schob meine Hände von beiden Seiten unter sein Kinn, verschränkte sie und zog seinen Kopf zu mir hoch. Als uns die Nachrichtendienstleute in Beaulieu beibrachten, wie man lautlos tötet, hatten sie uns genau das gezeigt, und so zog ich, mit meinem Knie als Angelpunkt, weiter, bis sein Körper erschauerte, während das Rückenmark erst eingeklemmt und dann von den Knochen durchtrennt wurde. Man hatte uns nicht erklärt, wie man ohne tödlichen Ausgang vorgeht. Zwei Finger meiner linken Hand waren ausgerenkt und standen schief ab, und mein rechtes Auge war zu. Irgendwo von meinem Kopf tropfte warmes Blut herab. Und mein Herz schlug so heftig, daß ich nicht von seinem Rükken hochkam. Dann war plötzlich Tammy da, bleich und zitternd. »Mein Gott, Max, was ist passiert?«

Ich stand mühsam auf und stützte mich auf sie. In meinem Kopf stampfte etwas wie mehrere Dieselmaschinen, doch der Nebel begann sich zu lichten, und als ich soweit war, daß ich sprechen konnte, schob ich sie in Richtung Leiter. »Tammy, geh runter in den Salon. Schließ die Tür ab, und antworte nicht, wenn jemand kommt. Laß niemanden außer mir rein. Ich klopfe das ›Sieg‹-Zeichen da-da-da-daa, du weißt, wie im Krieg.«

»Wo willst du hin, Max? Gott, schau dir nur deine Finger an – und dein Gesicht.«

»Ich gehe zur Polizei. Aber vorher werfe ich noch einen Blick auf meinen Freund hier. Jetzt tu, was ich dir sage – schnell.«

Ich rollte den Mann auf den Rücken. Er war ungefähr eins achtzig, stark gebaut, und hatte einen Rest dünner schwarzer Haare auf dem Kopf. Seine Augen standen offen; die Pupillen waren aufgrund der Verletzung seines Nervensystems allerdings nach oben gekippt, so daß nur die weißen Augäpfel zu sehen waren. Seine Hände waren klobig und von Schwielen bedeckt. Er war etwa vierzig bis fünfundvierzig. Gesichter wie seines hatte ich überall in der Welt gesehen; sie gehörten den Muskelmännern der Topgangster, Typen, die sich auf den Überraschungseffekt und ihre Pistolen verließen. Ihre Mischung aus brutaler Kraft und grobem Denken brachte sie jedoch regelmäßig in Nachteil, wenn sie auf jemanden trafen, der über Erfahrung verfügte. Sie waren Schläger, keine Kämpfer. Und dieser hier hatte außerdem noch zuviel Kinn und zuviel Bauch.

In seinen Taschen befand sich der übliche Krimskrams, doch in der Innentasche des Jacketts steckten ein Brief und eine dicke Brieftasche, die von einem breiten Strumpfband zusammengehalten wurde. Ich zerrte den Kerl in den Schatten der Mauer und stieg, mich mit einem Arm festhaltend, langsam aufs Boot hinunter. Ich klopfte das Zeichen, und Tammy öffnete mir. Nach einem doppelten Whisky verwandte ich zehn schweißtreibende Minuten darauf, meine Finger wieder in die Gelenke zu bringen. Das war nicht allzu schwierig, aber die Schwellung machte sie unbrauchbar, und ich versah die ganze Hand mit einem soliden Verband.

In der Brieftasche befanden sich 180 Pfund Sterling, einige Pornofotos, ein Führerschein auf den Namen Montague C. Dodds, ein Ausschnitt aus der Pferdesportseite des *Daily Mirror* und das abgerissene Stück einer Zugfahrkarte von Mailand.

Das Kuvert bestand aus dünnem braunem Papier. Die Schreibmaschinenschrift besagte, daß der Brief »An P. S. Dixon, persönlich« hatte gehen sollen. Ich setzte den elektrischen Kocher in Gang, und nachdem der Wasserdampf den Klebstoff aufgeweicht hatte, schob ich ein Messer unter die Lasche und öffnete sie. Dann legte ich den Umschlag beiseite, damit er trocknete, bevor ich den Brief herausnahm. Er war auf gutes weißes Papier getippt und lautete:

Wir haben es kommen sehen, Dixon. Sie sind nicht gut genug. Geben Sie Monty die Einzelheiten. Und keine Spielchen!

D. T.

Ich behielt den Brief und den Ausschnitt aus dem *Daily Mirror* und stopfte den Rest wieder in Montys Jackett. Danach unterrichtete ich die Polizei, die wider Erwarten ganz und gar nicht aus dem Häuschen geriet. Die Beamten machten ein paar Fotos und Messungen und tüteten alles ordentlich ein, und nachdem sie meine und Tammys Aussage aufgenommen hatten, ließen sie uns allein. Ohne uns zu ermahnen, das Land nicht zu verlassen, oder mit Verhaftung zu drohen. Wie es schien, war man selbst in Santa Margherita an solcherlei Vorfälle gewöhnt. Den Brief hatte ich nicht erwähnt.

Es war zwei Uhr nachts, als das alles vorbei war. Wir plauderten über alles mögliche, nur nicht über Monty, bis sie mich plötzlich fragte: »Warum hast du ihn gleich umgebracht, Max?«

»Ich kann Leute nicht leiden, die mich mit Knarren aufs Korn nehen, Schätzchen.«

»Aber du hättest sie ihm abnehmen können.«

»Schau, Süße, wenn mir jemand eine Pistole in den Rücken rammt, muß er mit allem rechnen.«

»Aber du hättest ihn k. o. schlagen können oder so was.«

»Ich weiß nicht, wie man jemanden k. o. schlägt. Aber ich weiß, wie man tötet.«

»Was, glaubst du, wollte er hier?«

Ich schüttelte den Kopf, um meiner Lüge mehr Überzeugungskraft zu verleihen. »Keine Ahnung. Vielleicht wollte er einbrechen. Das ist in Jachthäfen nichts Ungewöhnliches. Ein Funkgerät oder Kompaß springt immer dabei heraus. Ich habe schon erlebt, daß Boote regelrecht ausgenommen wurden, einschließlich der Außenbordmotoren und allem.«

Sie schien nicht ganz überzeugt zu sein, aber ich beließ es dabei. Eines war sicher: Was immer Dixon denken mochte, ich würde den Hundesöhnen, die Monty mit einer Kanone nach Santa Margherita geschickt hatten, einen kleinen Besuch abstatten. Irgendwie muß ein Spritzer israelisches Blut in meine Adern gelangt sein. Mein Motto ist »Auge um Auge«. Wenn man nicht zurückschlägt, versuchen sie es vielleicht noch einmal.

Der Mond war nicht sehr hell, aber auf dem Hügel hinter der Stadt konnte man blaß und geisterhaft die weißen Fassaden einiger großer Villen in der stillen Dunkelheit leuchten sehen. Man hörte nur das Geräusch der Wellen, die am glatten Rumpf des Schiffs leckten.

Ich wachte kurz nach sieben auf. Aus dem Salon war nichts zu hören, und ich begab mich zu Mario. Ich hatte Kleider bei ihm und zog mich um, während er Tee aufbrühte. Seit ich ihm letztes Jahr einige Packungen Tetley's Tea mitgebracht habe, ist er ganz verrückt danach.

»Wer ist dieser Deutsche, der ein Boot sucht, Mario?«

»Ein Herr Paulos. Er stellt Büromaschinen her, in Frankfurt. Hat eine Villa an der alten Brücke gemietet.«

»Was will er in Zahlung geben?«

»Nichts. Es ist ein sauberes Geschäft.«

»Will er es auf Kredit?«

»Nein. Er bezahlt bar, in Dollars oder Deutscher Mark.«

»Ist die Meakes Sea Lion in Camogli noch zu haben?«

»Ja, aber die Witwe ist zu gierig. Sie will 40000 Dollar. Zuviel, Max. Damit kannst du keinen Gewinn mehr machen.«

Die Witwe und die Sea Lion kosteten mich zunächst einmal knappe zwei Stunden, in denen sich herausstellte, daß Mario unrecht gehabt hatte. Das Boot war gut in Schuß, auch wenn es von der Witterung eines Jahres etwas angeschmuddelt war. Ich handelte eine Option für vierundzwanzig Stunden bei einem Preis von 35000 Dollar aus und machte mich auf den Weg zur Villa des Deutschen. Es war heiß geworden. Ich sah auf die Uhr. Es war 11 Uhr 30.

Herr Paulos war in den Fünfzigern und überraschte mich angenehm. Er war ruhig, kultiviert und schien von den üblichen Geschäftsritualen nicht viel zu halten. Ich erzählte ihm von der Sea Lion, und er ersparte uns beiden das Schauspiel angeblichen Desinteresses. Statt dessen griff er nach einer langen Zigarettenspitze und zündete sich eine Zigarette an, bevor er sich bequem zurücklehnte und mich über die Spitze hinweg musterte.

»Sie sprechen ausgezeichnet Deutsch, Mr. Farne. Vom Krieg her?«

»Zum Teil. Hauptsächlich aber wegen einer deutschen Mutter.«

Er nickte. »Nun gut, wie ist Ihr Angebot?«

»Ich habe eine Option über 35000 Dollar. Es wird zehn Tage dauern, bis ich das Boot auf Vordermann gebracht habe. Sagen wir, weitere tausend und noch einmal zweitausend für Ersatzteile und andere Neuanschaffungen. Das macht zusammen 38000. Für mich kämen noch einmal 6000 dazu, das ergibt einen Endpreis von 44000. Und falls Sie bis zum nächsten Jahr nicht mit ihm zufrieden sein sollten, werde ich es für Sie weiterverkaufen, zum selben Preis, abzüglich meiner zehn Prozent.«

»Wie steht es mit einem Gutachten?«

»Ich rate meinen Käufern stets zu einem Gutachten. Damit sind beide Seiten geschützt. Ich bin kein qualifizierter Gutachter, aber ich verstehe etwas von Booten. Die Sea Lion ist in Ordnung. Sie könnten gleich mit ihr ausfahren, nur sieht sie im Moment nicht so gut aus, wie sie könnte.«

Er stand auf. »Was wäre Ihnen lieber? Bargeld oder ein unwiderruflicher Kreditbrief?«

»Halb und halb wäre mir recht.«

22000 Dollar nehmen weniger Platz ein, als man denken sollte. Auch in Hundert-Dollar-Scheinen. Aber sie verschaffen einem ein gutes Gefühl. Auf dem Markt gab es große Hummer; ich kaufte zwei davon und noch ein paar Pfirsiche. Als ich mich dem Boot näherte, sah ich einen ziemlichen Auflauf, mindestens zwanzig Männer, die hinunterstarrten. Mir war sofort klar, daß etwas nicht stimmte. Ich konnte mich nicht genau erinnern, ob ich die Bordventile geschlossen hatte. Die Fischer hier genossen es, wenn eine der Luxusjachten in Nöte geriet. Besonders, wenn sie sank. Ich ahnte also, was mir bevorstand. Das Boot lag wahrscheinlich halb unter Wasser und hing wie ein Kinderspielzeug an einer Leine. Feuer war es vermutlich nicht, sonst würde die Meute irgend etwas tun oder zumindest schreien. Aber sie war wie erstarrt. Ich drängte mich durch sie hindurch und sah am Kai hinunter. Es war Ebbe, und das Boot lag ungefähr einen Meter unter mir. Von Wasser war auf dem Deck keine Spur. Anlaß des Auflaufs war vielmehr ein schlafendes Mädchen. Oben ohne und ihren stillen Bewunderern entrückt wie eine Sphinx. Ihr Kopf ruhte auf dem zusammengelegten Schlafsack, und der Wind hatte ihre feinen blonden Haare über ihr Gesicht geweht. Sie lag leicht seitlich gedreht, mit dem Gesicht auf der einen Hand, während die andere entspannt an ihrer Seite ausgestreckt war. Die beiden großen Hügel ihrer Brüste waren nackt; die spitzen Nippel hatten die Farbe von geräuchertem Lachs. Aber trotz ihres hübschen Gesichts und des einladend zur Schau gestellten Körpers wirkte sie nicht eigentlich sexy. Sogar noch im Schlaf umgab sie eine Hülle aus Gleichgültigkeit den Blicken ihrer Umwelt gegenüber. Sie mußte jedenfalls an sie gewöhnt sein. Auch ich starrte sie einen Augenblick an wie die anderen, ehe ich mich umdrehte und die Männer verscheuchte. *»Basta, amici. Andiamo.«* Nach einem letzten lüsternen Blick über die Schulter zogen sie schließlich ab.

Ich lockerte die Warpleine, während ich die Nachzügler des abziehenden Publikums im Auge behielt, und kletterte dann die Leiter am Kai hinunter.

Sie bewegte sich leicht, und ich bedeckte sie mit einem der großen Badetücher. Sie räkelte sich wie eine Katze und kuschelte sich ein.

Ich legte eine Verlängerungsschnur zum Kai, schaltete einen Transformator dazwischen, der die ankommenden 110 Volt in die nötigen 220 verwandelte, und betätigte den Hauptschalter. Jetzt hing das ganze Boot am Netz, und ich nahm die Kappen vom ersten Batteriepaar und schloß sie ans Ladegerät an. Dann hob ich die Deckplatten ab und kletterte zu den Motoren hinunter. Es waren große Innenbordmaschinen; gereinigt und lackiert hatte ich sie bereits in Chichester. Ich fand die lose Schraube am Triebwerksgestänge und schaltete danach die Kielraumpumpe ein. Der Filter war sauber und gurgelte bald, während der letzte Rest Öl und Wasser abgesaugt wurde.

Als ich wieder in den Fahrstand kam, war Madame verschwunden, dafür stand die Tür zum Salon sperrangelweit auf. Sie saß am Salontisch und trank eine Cola. Ich lud sie zum Essen in das kleine Restaurant an der Kirche ein, und danach machten wir einen Spaziergang bis hinaus zu den Olivenhainen. Es war kurz nach zehn, als wir zurückkamen.

Ich goß uns beiden einen Whisky ein und steckte mir eine Zigarette an. Sie hatte ihr Kinn auf den Handrücken gestützt und studierte mein Gesicht. Als sie bei dem grauen Schopf angelangt war, begann sie, mich auszufragen.

»Bist du verheiratet?«

»Nein.«

»Auch nicht gewesen?«

»Nur einmal.«

»Was ist passiert?«

»Als ich aus dem Krieg zurückkam, mußte ich feststellen, daß ich eine der ersten GI-Bräute zur Verfügung gestellt hatte.«

»Kinder?«

»Nicht daß ich wüßte.«

»Hast du schon immer in Boote gemacht?«

»Fast. Ich hab's mal mit Autos versucht, aber ich bin nicht hart genug.«

»Du siehst ziemlich stark aus.«

»Stark und hart ist ein Unterschied, Süße.«

»Wohnst du sonst noch irgendwo, außer auf Booten?«

»Ich wohne auf einem Boot in Birdham Pool, in der Nähe von Chichester.«

»Bringen dir die Boote viel Geld ein?«

»Für mich reicht es.«

Sie spielte mit ihrem leeren Glas, was bei Frauen zweierlei bedeuten konnte: Entweder wollten sie mehr, oder es war der Auftakt zu einem Satz wie »Es ist vorbei mit uns, Charlie«, oder beides.

Ich füllte ihr Glas nach und wartete in der Hoffnung, daß es nicht ihre Lebensgeschichte war, die jetzt kam. Ich neigte inzwischen eher zu der anderen Alternative. Ich war recht langsam gewesen und hatte mich ziemlich puritanisch gegeben, was ich jetzt beides bedauerte. Hätte ich allerdings gewußt, wo das alles enden würde, hätte ich mich mit Händchenhalten zufriedengegeben, glauben Sie mir.

»Weißt du, wann Pat kommt?«

»Pat? Wer ist Pat?«

»Pat Dixon.«

Endlich fiel der Groschen. Pat Dixon war der Kleiderfritze. Der Eigner des Bootes. Jedenfalls würde er es sein, sobald er die Mäuse für das kleine blaue Heft hingeblättert hatte, das ihn zum stolzen Besitzer der *Lucky Penny* machen würde. Der Mann, dem die Post von Pistoleros überbracht wurde.

»Du kennst ihn?«

Sie nickte.

»Bist du seine Freundin?«

»Gewissermaßen.«

»Was heißt das?«

»Er hat noch andere. Ich bin die leichtlebige Streunerin.«

»Und die anderen?«

»Es gibt noch eine vom Typ Salz-und-Pfeffer-Kostüm plus Perlenkette, eine Kumpelhafte für die Jagd und zum Fischen, eine reiche Hexe und eine Schülerliebe – eine Jüdin. Vielleicht gibt es auch noch mehr, von denen ich nichts weiß.«

»Und deshalb bist du hierhergekommen?«

Sie nickte. »Er hat gesagt, er hätte uns im Imperiale angemeldet und daß wir nach ein paar Tagen aufs Boot umziehen und für drei, vier Wochen rumfahren würden.«

»Was ist im Imperiale passiert?«

»Die Bestellung ist vor zwei Tagen rückgängig gemacht worden, und die Leute dort konnten mir nicht weiterhelfen. Mr. Dixon hätte keine weiteren Anweisungen hinterlassen. Der Manager hat versucht, sich an mich ranzumachen, aber ich hab ihn abblitzen lassen.«

»Nun, er wird in ein paar Tagen hier sein, und dann kannst du alles mit ihm klären. Und wenn nichts dabei rauskommt – ich überführe auf dem Rückweg eine Chris Craft und kann dich mitnehmen. Du kannst ja die Decks schrubben oder so.«

»Ich glaube nicht, daß er kommt.«

»Er wird schon kommen, Schätzchen; er will das Boot, auf dem wir sitzen.« Mir war klar, daß ich es auch besser hätte ausdrücken können, aber jetzt war es zu spät, also füllte ich ihr Glas noch einmal nach.

»Ich werde jetzt die Leinen kontrollieren. Das wird exakt zehn Minuten dauern. Wenn ich zurückkomme, möchte ich, daß du in der Koje liegst. Sei ein braves Kind, dann mach ich dir auch noch einen Eierflip.«

In ihren großen grauen Augen schimmerten Tränen, doch daran hatte ich im Moment keinen Bedarf. Ich drehte mich rasch um und stieß auf der Treppe prompt mit dem Kopf ans Barometer. Eine Viertelstunde später stieg ich wieder hinunter. Von der Lampe über der Kombüse abgesehen, war es dunkel. Ich schaltete das Radio an und stellte BBC ein. Aus dem Lautsprecher hämmerte »The Lady Is a Tramp«, und ich drehte weiter zu Radio 3. Sie spielten Massenets »Letzte Ruhe einer Jungfrau«. Es war wirklich nicht mein Abend. Ich versuchte es bei AFN und gab mich schließlich mit Tommy Dorseys »Getting Sentimental Over You« zufrieden.

Ich rührte ein Ei schaumig, schüttete etwas Zucker dazu, und dann kochte die Milch über. Ein Schuß Milch und noch einmal rühren, eine heimliche Aspirin, ein weiterer Spritzer angebrannte Milch, und ich war fertig. Eine Untertasse dazu und ein Biskuit und das Kindermädchen Farne konnte in Aktion treten. Ihr Gesicht lag am Rand des Schaumstoffkissens, und eine Menge blonder Haare hingen an der Koje herunter.

»Bitte sehr, Süße. Den Kopf hängen zu lassen, ist gar nicht gut. Hier, trink das.«

Sie stützte sich auf den Ellbogen und griff nach dem Glas. Es war unmöglich, an ihren wundervollen Brüsten vorbeizusehen. Sie hatten die Größe und die glatte Oberfläche von aufragenden Bojen. Sie schien nichts dagegen zu haben, daß ich sie ansah, also tat ich es, bis sie ausgetrunken hatte. Als sie sich wieder langlegte, ließ sie die Decke, wo sie war, und ich verspürte den dringenden Wunsch, mich an ihrer Stelle über ihr auszubreiten. Doch mir fiel noch rechtzeitig ein Gegenmittel ein; ich stellte mir vor, ein kleines Mädchen vor mir zu haben, das zugedeckt werden wollte und auf den Gutenachtkuß wartete. Das wirkte; ich zog ihr die Decke bis ans Kinn, gab ihr einen leichten Kuß aufs Ohr und einen Klaps aufs Hinterteil und ging hinaus.

Die Flut hatte das Boot inzwischen so weit gehoben, daß der Handlauf des Mahagonigeländers auf Kaihöhe war. Ich zog die Planke zum Ufer für die Nacht ein, holte den Schlauch heraus und setzte mich mit einer Zigarette in einen der Stühle, während die beiden Wassertanks volliefen.

Ich fragte mich, woran ich mit Mr. Pat Dixon war. Er schien mir für die Kleiderbranche ein ausgesprochen angenehmer Mann zu sein. Er war ungefähr fünfunddreißig und gehörte zu jenen Juden, die eine glückliche Mischung der beiden jüdischen Erbfaktoren Schlauheit und Kreativität mitbekommen hatten. Die Kleider, die er verkaufte, waren billig, aber hell und fröhlich. Sie waren nach *seinen* Entwürfen, *seinem* Schnitt und *seiner* Stoffwahl hergestellt und hatten sich einen hübschen Marktanteil erobert. Mit irgendwelchen dusligen Judenwitzen hatte das alles nichts zu tun. Als ich mir, während ich auf ihn wartete, seine Aktenschränke etwas genauer ansah, erklang im Hintergrund eine angenehme Mixtur von Bach bis Vivaldi. Und die Spuren von Gewöhnlichkeit besagten nicht viel. Wer von uns ist schon frei davon? Auch die Anzahl seiner Freundinnen überraschte mich nicht, ebensowenig wie die Art, in der Tammy sie beschrieben hatte. Merkwürdig war allerdings, wie wenig Tammys Gefühle davon berührt zu sein schienen. Ich gehöre zu jenen, die sich auf ihre Kunden einstellen, auch wenn es Zeit kostet; wenn sie auf gut Orientalisch feilschen wollen, lasse ich ihnen das Vergnügen. Doch Dixon hatte nur ein paar Fragen gestellt, und zwar die falschen, die ich ihm gleichwohl beantwortete, bevor ich ihm die richtigen sagte. Er hatte gelacht und war alles andere als beleidigt gewesen. Es war alles sehr glattgegangen, ohne jedes überflüssige Geschäftsgebaren. Trotzdem, wenn es zwischen ihm und Tammy nicht mehr klappen sollte, würde ich sie mit Freuden mitnehmen. Und Florence Nightingale würde ich dann nicht mehr spielen.

3

Der nächste Morgen war so, wie man ihn von Italien erwarten darf. Der Lärm der Lambrettas dröhnte von der Stadt her übers Wasser, die Luft war klar, die Mädchen nahmen den winzigen Strand in Besitz, der Himmel zeigte reinstes Postkartenblau, und die Hitze verursachte einem schon zu dieser frühen Stunde – es war acht Uhr – einen schweren Kopf.

In der Post lagen drei Briefe für mich, und ich ging mit ihnen über die Piazza zur Pensione di Ligure. Die Tische waren gesäubert und lagen im Schatten von Sonnenschirmen, auf denen »Birra« stand, und ich sah bei einem Capuccino die Post durch. Das erste Kuvert enthielt einen Werbeprospekt für ein neues Seefunkgerät, der die Vorzüge eines Einzelseitenbandes pries. Das war zwar richtig, kam aber reichlich spät. Der zweite Brief kam von einem alten Kunden, der ein Moonraker gegen einen Motorsegler tauschen wollte und mich um Vermittlung bat. Der dritte Umschlag war in London abgestempelt und hatte fünf Tage für die Reise gebraucht. Er enthielt einen unwiderruflichen Kreditbrief über den Preis der *Lucky Penny*, eine maschinegeschriebene Empfangsbestätigung, die ich unterschrieben zurückschicken sollte, und einen handgeschriebenen Brief von Dixon:

Lieber Farne,

Sie hatten hoffentlich eine gute Überfahrt. Ich fliege morgen direkt nach Mailand und bin spätestens am Mittwoch bei Ihnen. Kann es gar nicht erwarten, das Boot in Besitz zu nehmen. Das Geld liegt bei. Haben Sie's bei Newton Crum versichert?

Ich habe mich für ein paar Tage im Imperiale angemeldet. Würden Sie sich bitte mit Tammy Walton dort in Verbindung setzen? Sie wird mit mir auf Fahrt gehen. Sagen Sie Mario, daß er ihr soviel Geld gibt, wie sie braucht. Er bekommt es von mir zurück, sobald ich da bin. Behalten Sie sie ein bißchen im Auge.

Vergessen Sie den Kristall für die dortigen Frequenzen nicht. Das wäre im Moment alles.

Ihr Pat Dixon

Ich sah mir noch einmal die Tage und Daten an, aber es machte keinen Sinn. Ich war am Donnerstag angekommen; er hätte also schon auf mich warten müssen. Selbstsüchtig, wie ich nun einmal bin, ging ich zur Banca di Roma hinüber und zahlte den Kreditbrief ein. Man ließ sich von Rom und London bestätigen, daß nichts gegen eine Auszahlung sprach, und bot mir das Geld in bar an. Ich steckte es ein.

Das Imperiale war gegen den Lärm und die Hitze des italienischen Alltags gewappnet. Es war kühl, ruhig und schattig. Das Mädchen an der Rezeption blätterte in ihren Karteikarten und bestätigte, daß eine Buchung über zwei Zimmer für Signore Dixon rückgängig gemacht worden sei. Nein, sie wisse nicht, wer sie wie und wann rückgängig gemacht habe. Das könne nur der *direttore* sagen. Signor Frascatti war die Höflichkeit in Person, wollte zunächst aber wissen, warum ich diese Erkundigung einzöge und wer ich sei. Dann musterte er mich mit seinen großen braunen Augen von oben bis unten. Ich ließ es gleichmütig über mich ergehen; mein ganzes Leben lang, selbst in schlechten Zeiten, hat man mich stets für gut betucht gehalten. Vielleicht liegt es an den Booten oder an der nachlässigen Art, mich zu kleiden. Vielleicht ist es auch einfach darauf zurückzuführen, daß der eigentliche Dreh beim Reichtum in der Fähigkeit besteht, gegebenenfalls mit einem schlichten »Scheiß drauf« zu reagieren. Und ich besaß diese Fähigkeit, allerdings ohne den Hintergrund.

Ich überstand die Prüfung; der *direttore* begab sich zu den Aktenschränken an der Wand, zog einen blauen Aktendeckel heraus und kehrte damit zu mir zurück. Er enthielt ein gutes Dutzend Seiten, und er las drei oder vier der obenauf liegenden durch, ehe er kopfschüttelnd zu mir aufsah. »Es ist telefonisch erledigt worden. Aus London. Von Signore Dixon persönlich. Mehr kann ich Ihnen leider auch nicht sagen.« Damit schloß er den Aktendeckel.

»Woher wußte das Hotel, daß es tatsächlich Signor Dixon war, der anrief?«

Er lächelte und breitete die Arme aus. »Mit Sicherheit können wir das natürlich nicht wissen. Aber die Absage für zwei Zimmer ist für uns keine große Angelegenheit. Besonders in dieser Jahreszeit. Es ist keine Hochsaison. Falls es ein Scherz gewesen sein sollte oder ein Versehen und Signore Dixon und seine Begleitung doch noch eintreffen, könnten wir sie problemlos unterbringen.«

Als ich zum Boot zurückkehrte, saß Tammy mit Mario im Fahrstand. Der Schlaf hatte ihr gutgetan. Mario schob mir ein Pellegrino und Erdnüsse zu, und ich übergab ihm das Geld, damit er es über sein Konto auf mein Schweizer Konto überwies.

Mario hatte einen Amerikaner aufgetan, der ein ganz bestimmtes

Boot haben wollte, ein amerikanisches, weil die die Besten waren. Es hätte vermutlich nicht viel geholfen, ihm zu sagen, daß es, trotz seiner Qualität und Herkunftsbezeichnung, in Hongkong hergestellt war. Mario hatte für den Abend eine Verabredung im Elena für mich ausgemacht.

Danach sollten wir zu Mario zum Essen kommen. Nur ich wußte, welche Auszeichnung das bedeutete. All die reichen Knaben, die in Mario nicht mehr als einen besseren Laufburschen sahen, wären geschockt gewesen, wenn sie Signora del Bruna und ihr Heim zu Gesicht bekommen hätten. Mafalda del Bruna war eine geborene Contessa di Pioli, und ihre Herkunft war nicht zu übersehen. Die Villa am Rande der Stadt wurde mit Eleganz und einer Gastlichkeit geführt, die sie zum Treffpunkt und Refugium für eine Vielzahl unterschiedlichster Menschen machte.

Nachdem Mario gegangen war, nahm ich die Hummer in Angriff, und eine Stunde später saßen wir beim Essen. Der Chianti stimmte Klein Tammy offenbar gesprächig.

»Mario ist ein echter Fan von dir.«

»Na fein.«

»Er sagt, du seist ein wirklich netter Mann.«

Es gibt nichts Schlimmeres, als von einem Mädchen, auf das man ein Auge geworfen hat, als »nett« eingestuft zu werden.

»Ich habe einen Brief von Pat Dixon bekommen.«

Ihr Gesicht nahm den Ausdruck an, wie ihn Schulkinder bekommen, wenn der Lehrer die Ergebnisse der letzten Klassenarbeit ankündigt. »Was schreibt er?«

»Hier. Lies selbst.« Damit wandte ich mich wieder dem Abwasch zu. Sie war eine faule kleine Hexe.

Nachdem sie den Brief gelesen hatte, schwieg sie noch eine Weile, ehe sie mich fragte: »Was, glaubst du, ist ihm zugestoßen?«

»Warum sollte ihm etwas zugestoßen sein? Er ist nur nicht gekommen, das ist alles.« Ich wußte, was sie meinte, wollte aber herausbekommen, ob es mehr war als weibliche Intuition, die häufig genug allzu dicht neben der Dauererwartung des jeweils Schlimmsten lag.

»Er hätte dich auf dem laufenden gehalten. Ein Telegramm geschickt oder sich sonst irgendwie gemeldet. Es wäre ja möglich gewesen, daß du gar nicht so lange hierbleiben wolltest. Das paßt nicht zu ihm.«

»Was paßt nicht zu ihm?«

»Oh, Rücksichtslosigkeit. Und dann diese Sache im Hotel. Das ist nicht seine Art.«

Ich legte das Geschirrtuch auf das Kombüsenregal und setzte mich zu ihr an den Tisch.

»Was sollen wir also tun, Tammy?«

Sie lachte auf und schüttelte den Kopf. »Was kann ich schon tun? Ich habe kein Geld.«

»Und wenn du welches hättest?«

»Dann würde ich in London nachfragen, ob er abgereist ist. Und wenn es so wäre, würde ich mehr wissen wollen.«

»In Ordnung. Dann tun wir das doch.«

Mario stellte die Verbindung her, und ich sprach mit Dixons Sekretärin. Er war wie geplant abgereist, und weder sie noch Dixon hatten die Bestellung im Imperiale rückgängig gemacht. Sie hatte angenommen, er wäre auf seinem neuen Boot in Santa Margherita. Falls sie etwas von Dixon hörte, wollte sie sich bei Mario melden.

Zurück auf dem Boot, goß ich uns beiden einen Drink ein. Ich hatte das Geschäft mit dem Amerikaner abgeschlossen; das war Grund genug für eine kleine Feier. Doch Tammy ließ es nicht dazu kommen.

»Warum bemühen wir uns eigentlich um Pat?« Sie sah mich eindringlich an, während sie auf meine Antwort wartete.

»Nun, ich verliere nicht gern einen Käufer, noch dazu, wo das Geschäft fast schon gelaufen ist. Bei dir ist es wohl eher die gute alte Zeit oder so was.«

Sie schüttelte den Kopf. »Nein, es ist mehr. Ich glaube, es ist etwas Schlimmes passiert. Ich glaube . . .« Ihr versagte die Stimme.

»Du glaubst was?«

»Daß er tot ist. Wahrscheinlich hältst du mich jetzt für verrückt.«

»Ganz und gar nicht. Daran habe ich auch schon gedacht. Allerdings glaube ich nicht, daß er tot *ist*, sondern daß er tot sein *könnte.* Aber Tausende von Menschen tauchen jedes Jahr aus diesem oder jenem Grund unter. Er könnte auch einen Unfall gehabt haben. Übrigens, kennst du jemanden aus dem Umkreis von Pat mit den Initialen D. T.?«

Sie runzelte die Stirn und überlegte einen Augenblick. »Nein, ich glaube nicht. Warum? Was hat das mit Pats Verschwinden zu tun?«

»Dieser Brief, den der Typ mit der Pistole bei sich hatte – er war für Dixon und kam von einem gewissen D. T.«

»Mein Gott, was geht hier vor?«

»Ich weiß es nicht, Süße. Aber ich kriege es raus.«

»Was sollen wir tun?«

»Morgen ist er eine Woche überfällig. Wir werden klar Schiff machen, und wenn wir bis abends nichts von ihm gehört haben, rufe ich die Polizei an. Die Londoner, meine ich.«

In ihren Augen standen wieder Tränen. »Wie geht's deiner Hand?«

»Gut.«

Um vier Uhr am nächsten Nachmittag sah das Boot wie neu aus. Es war in erstklassigem Zustand. Tammy hatte die Decks geschrubbt, was uns jede Menge Hilfsangebote eingebracht hatte. Und noch nie zuvor hatte es in Santa Margherita so viele interessierte Zuschauer gegeben – jedenfalls nicht seit Anita Ekberg.

Um Viertel nach vier saßen wir in unseren nassen Sachen erschöpft und zufrieden bei einem verlängerten Gin und Limonade zusammen. Keiner von uns beiden hatte den Tag über von Pat Dixon gesprochen. Bei der Post war nichts gewesen. Also legte ich los.

»Erzähl mir von Pat Dixon, Tammy. Wie ist er?«

Sie kräuselte die Nase, warf die schweren blonden Haare nach hinten und ließ die Hand auf der Schulter liegen. »Das ist schwer zu sagen. Er scheint gesellig zu sein, aber er hat eine Privatsphäre, ein Art Hinterzimmer, in das er sich zurückziehen kann und in das außer ihm niemand hineinkommt.«

»Wie hast du ihn kennengelernt?«

»Ich war bei Goldsmith' und habe einen Preis für das Design eines Kleiderstoffes gewonnen, den seine Firma ausgeschrieben hatte.«

»Wann war das?«

»Vor gut einem Jahr.«

»Wie oft hast du ihn gesehen?«

»Ein- oder zweimal in der Woche.«

»Am Wochenende?«

»Nein, nie. Das war tabu.«

»War mal von Heirat die Rede?«

Sie verzog das Gesicht und lachte. »Er hat nie davon gesprochen. Außerdem hätte ich ihn nicht geheiratet.«

»Warum nicht?«

»Er wird es nie jemandem erlauben, wem auch immer, in sein Hinterzimmer vorzudringen. Er ist ein Swinger; die Partys, die Reisen und all das wären phantastisch gewesen, aber früher oder später muß man nach Hause zurück. Und das wäre für ihn immer sein Hinterzimmer gewesen, streng verboten für jeden anderen.«

Klein Tammy war nicht so blöd wie blond. Die meisten Frauen hätten sich auf den Handel eingelassen, wenn sie die Chance bekommen hätten.

»Ich nehme an, er ist attraktiv?«

Sie nippte an ihrem Drink und sah dann mit einem halben Lächeln zu mir herüber. »Ja, ich habe mit ihm geschlafen. Darauf wolltest du doch hinaus, oder?«

»Ist er normal?«

Sie schüttelte den Kopf. »Nein.«

»Das heißt?«

Die großen grauen Augen fixierten mich, während sie mit der Antwort zögerte. Dann blickte sie auf ihr leeres Glas hinunter. »Er hat es nie öfter als einmal gemacht. Und es war so etwas wie ein Gefallen. Einen, den er mir tat, meine ich.«

Ich dachte eine Weile darüber nach, aber es klingelte nicht. Bei der Palette an Freundinnen brauchte er vielleicht ein bestimmtes Rationierungssystem.

»Wie wär's, wenn wir ein paar Kleider einkaufen, Tammy? Und hinterher zum Essen nach Rapallo fahren?«

»Die Geschäfte haben bestimmt schon zu.«

»Wir gehen zum La Roba. Der alte Drachen, dem es gehört, schuldet mir ein paar Gefälligkeiten.«

Ich war wie im Rausch und kaufte ihr einen Safari-Anzug, mehrere Kleider und einen ganzen Haufen von Accessoires; die Krönung war ein kurzes smaragdgrünes Leinenkleid. Tammy in Grün stahl an dem Abend einer Menge Frauen in Rapallo die Show. Und sie entgalt es mir, indem sie die katzbuckelnd und füßescharrend um einen Tanz bettelnden Gecken mit unwilligem Kopfschütteln abwies. Das Orchester tat ein übriges, indem es mir meinen Wunsch nach einem alten Song von 1943 erfüllte. Irgend jemandes Vater summte es ihm vor. Es war die italienische Version von »Dearly Beloved« – *»Un sol' amore e questo sei tu . . .«*.

Als Tammy sich die Nase pudern ging, telefonierte ich mit Mario.

Das Taxi setzte uns am Fischmarkt ab. Es war ein wunderschöner friedlicher Abend, und sie hakte sich bei mir ein und summte etwas vor sich hin. Keine Angst, nichts Romantisches – nur die »Wombles of Wimbledon«, aber ich wußte, daß es gut gemeint war.

Wir setzten uns mit einem Whisky an den Salontisch, und nachdem ich ihr Glas nachgefüllt hatte, sagte ich es ihr. »Tammy, ich gehe für ein paar Tage nach London. Ich habe dich solange bei Mario und seiner Frau einquartiert. Ist dir das recht?«

Sie nickte, sah aber sehr jung dabei aus, so, als hätte ich sie zu früh ins Bett geschickt.

Ich zog gerade den Reißverschluß des Schlafsacks zu, als sie herauskam. Sie war nackt. Die Fee von der Spitze des Weihnachtsbaums. Es gab eigentlich nichts zu sagen, was sie jedoch nicht davon abhielt, sich neben mich zu knien und es doch zu tun: »Ich werde dich vermissen.« Ich küßte sie lang und zärtlich, während ich mit meiner gesunden Hand den Reißverschluß öffnete. Zwei Stunden später tauchte ich wieder auf, um Luft zu schnappen. Sie war um mich geschlungen, doch ich setzte mich auf und sah zu den Sternen hoch. Ungefähr anderthalb Meter über mir auf dem Kai blitzten zwei gelbe Augen. Ich erstarrte und entspannte mich wieder. Es war eine Katze. Sie saß dort oben mit zusammengestellten Vorderpfoten und vorgeschobenem Kopf, um besser sehen zu können. Ihr Blick wirkte verwirrt und entrüstet. Sie mußte schon eine Weile zugeschaut haben.

4

Das Flugzeug befand sich im Anflug auf Heathrow, und als es am Parlament über die Themse schwenkte, zeigte sich London von seiner besten Seite. Aus der Ferne. London am frühen Sonntagmorgen, wenn nur wenige Menschen und keine Autos auf den Straßen sind, ist das einzige London, das mir zusagt. Zu jedem anderen Zeitpunkt ist es eine alte verrottete Maschine, die sich mit Hämmern und Stampfen kreischend weiterbewegt. Das Boot in Chichester bot mir völlige Unabhängigkeit. Keine Hypotheken, keine Raten, kein Rasen, der gemäht werden mußte, kein Pendeln zur Arbeit, keine verkniffenen Zeitgenossen, die aus Erdlöchern an die Oberfläche strömen, um ihr täglich Brot zu verdienen. Ich wäre vermutlich auch mit Frau und Familie glücklich geworden, aber nicht in der Stadt und mit regelmäßiger Arbeit. Und unter einer Million Frauen gibt es vielleicht eine, die sich auf das Leben auf einem Boot einlassen würde; und ich hatte höchstens ein paar tausend getroffen. So hatte ich meine Unabhängigkeit, niedrige Lebenshaltungskosten und die uneingeschränkte Freiheit, der Sonne zu folgen und allen hübschen Mädchen, die ein Mann sich wünschen kann.

Die Kombüse auf meinem Boot war die beste, die man für Geld bekommen kann und die Westinghouse herstellt. Die Stereoanlage und vierhundert Kassetten sorgten für die musikalische Untermalung, und das alte Mahagoni wirkte auf die Seele genauso beruhigend wie Kerzenlicht aufs Auge. Mein Leben verlief nicht gerade stürmisch, und ich hatte auch nie das Bedürfnis danach gehabt. Ich hatte in fünfundzwanzig Jahren noch nicht einmal eine Erkältung gehabt. Und da ich zweihundertfünfzig Tage im Jahr außerhalb Großbritanniens verbrachte, zahlte ich auch keine Steuern. Nirgendwo. Ich tat selten etwas Illegales, und wenn doch, dann, weil die Regeln, die ich übertrat, bescheuert waren. Manchmal gab es einen Beigeschmack von Piraterie, aber die war stets gegen die Bosse gerichtet.

Ich sagte mir, daß ich es mir leisten konnte, drei Wochen darauf zu verwenden, Dixon zu finden – tot oder lebendig. Das Geld war auf meiner Bank, doch das Boot gehörte immer noch mir. Solange das blaue Büchlein nicht überschrieben war, war ich der Eigner des Bootes, einschließlich – wie es in den Schiffspapieren hieß – »der Waffen, der Munition und des sonstigen Zubehörs«. Ich würde also ein paar Tage durch London streifen, während Tammy bei Mario in sicherer Obhut war; ein bißchen Bemutterung konnte ihrer Stimmung nur guttun.

Wir landeten zügig. Der Verkehr auf der M4 war zähflüssig; die Straße wie eine riesige Spielzeugschau.

In der Stadt angekommen, mietete ich mich im Special Forces Club ein, ließ meine Reisetasche in der Halle zurück und nahm ein Taxi nach Brooks Mews, wo Dixon seine Büros und seine Wohnung hatte.

Seine persönliche Assistentin entschied sich, mir ein paar Minuten zu opfern. Miss Lakeman-Hart war eine kühle Blondine vom schwedischen Typ, und ich erkannte in ihr sofort die Salz-und-Pfeffer-Freundin, einschließlich der Perlen um ihren Hals. Ihre Beine waren vielleicht etwas zu dünn, doch ihr Gesicht hätte seine Wirkung auf Prinz Rainier kaum verfehlt. Es war zwar ein späteres Modell, aber vom gleichen Designer. Sie wirkte derart beruhigend, daß man Gefahr lief, die Augen zu schließen und sanft zu entschlummern. Es mußte ziemlich hart sein, so schön zu sein und nicht ein Gramm Sex-Appeal zu besitzen. Man hätte sich auch gleich mit einer Wachsfigur aus Madame Tussauds Kabinett anfreunden können.

Sie hatte die Beine übereinandergeschlagen, und ihr Tweedrock reichte genau bis zu den Knien. Sie berührte mit der Rechten ihre Perlen, wohl um sich Sicherheit zu geben, aber das war überflüssig.

»Wenn das Boot, wie Sie sagen, bezahlt ist, verstehe ich nicht, was Sie noch wollen, Mr. Farne.«

»Ich mache mir Sorgen um Mr. Dixon. Ich möchte herausfinden, wo er steckt.«

Sie richtete sich auf – mit straffem Rücken, wie sie es in Roedean gelernt hatte – und malträtierte die Haut auf ihrer Stirn, indem sie sie runzelte. In ihren großen blauen Augen spiegelte sich gelindes Erstaunen. »Wirklich, Mr. Farne, ich glaube nicht, daß es Sie etwas angeht, was Mr. Dixon tut oder läßt.«

»Aber Sie, nehme ich an?«

»Natürlich.«

»Nun, und was haben Sie unternommen?«

»Mr. Dixon geht häufig auf Reisen, ohne uns vorher zu informieren.«

»Aber diesmal hat er gesagt, wohin er fahren würde. Und er ist nicht angekommen. Er ist seit zehn Tagen überfällig. Ist das normal bei ihm?«

»Ich weigere mich, mit Ihnen die Angelegenheiten meines Chefs zu bereden.«

»Sie müssen es, entweder mit mir oder der Polizei.«

Ihr Mund wurde schmal; ich nahm an, daß Pat Dixon es mit ihr auch nur einmal pro Verabredung gemacht hatte.

»Was um Himmels willen hat das mit der Polizei zu tun?«

»Sie ist für die Suche nach vermißten Personen zuständig, Miss Hart.«

Miss Lakeman-Hart stand auf und zupfte einige imaginäre Fussel von ihrer Kostümjacke. Dann verschränkte sie die Arme vor der Brust und sagte: »Ich denke, Mr. Dixon würde von Ihnen erwarten, daß Sie seine Privatsphäre respektieren, Mr. Farne. Mehr kann ich Ihnen nicht sagen.« Sie hätte auch sagen können, »jemandem wie Ihnen«, aber sie schien sich im Augenblick in ihrer Haut nicht ganz wohl zu fühlen.

Die Schülerliebe wohnte bei ihren Eltern, in einem der Nachkriegshäuser hinter Gants Hill. Es war ein Doppelhaus mit viel Stuck, wie ihn die Bauspekulanten seinerzeit bevorzugten.

Rosa Meyer war ein Schatz. Dunkelhäutig, lange schwarze Haare, und nur ein Ferkel wie ich konnte darauf kommen, auch ihre vollen Brüste und die langen Beine zu bemerken. Wenn die Juden Adelstitel hätten, wäre sie eine Prinzessin gewesen. Rundherum gab es verzierte Spiegel, grelle Tapeten, solide Möbel und Plastikblumen, doch wenn mein Name Marks oder Spencer gewesen wäre, hätte ich jeden Abend hier verbracht.

Die Meyers und die Dixons waren miteinander befreundet gewesen, als beide Familien noch in Aldgate lebten, und Rosa hatte mir mit einem Lächeln erklärt, daß es immer noch der sehnlichste Wunsch ihrer Eltern wäre, sie beide als Eheleute zu sehen.

»Und Sie?«

Sie schüttelte den Kopf. »Nein. Wir passen nicht zusammen.«

»Inwiefern?«

»Er hat viele gute Eigenschaften und viel Talent. Er sieht gut aus, ist ein guter Gesellschafter und sehr liebenswert. Aber er ist nicht ernsthaft.«

»Wie meinen Sie das?«

Sie legte ihren Kopf leicht zur Seite, während sie überlegte, und als sie schließlich antwortete, klang ihre Stimme sehr sanft. »Es ist schwer zu erklären, aber es gibt da einen Bibelspruch, den die meisten Leute falsch zitieren. Sie sagen immer nur: ›Geld ist die Wurzel allen Übels.‹ Aber es heißt: ›Die Liebe zum Geld ist die Wurzel allen Übels.‹ Sehen Sie, mein Vater hat eine kleine Hemdenfabrik in Aldgate. Er macht Geld, sicher, aber er könnte noch viel mehr machen, wenn er nicht so viel Zeit mit meiner Mutter und uns Mädchen verbringen würde. Er kümmert sich ums Geld, aber er *liebt* uns. Pat Dixon liebt das Geld und die Macht; eine Frau wird er nie so lieben können. Ich weiß nicht, was von beidem eher da war, die mangelnde Liebe zur Frau oder die Liebe zum Geld.«

»Aber Ihr Vater sähe es gerne, wenn Sie ihn heiraten würden?«

»Ich bin so etwas wie ein Alibi für Pat Dixon. Der Anschein, daß er mich heiraten möchte, erspart ihm eine Menge unangenehmer Fragen.«

»Was für Fragen zum Beispiel?«

»Wo er hingeht, was er vorhat, all die Fragen, die manche Männer lieber unbeantwortet lassen. Sie wollen sich nicht selbst erkennen. Bleib in Bewegung, dann brauchst du nie in den Spiegel zu schauen.«

Ich hätte Rosa Meyer gern als Freundin gehabt, aber am Ende wäre mir Freundschaft doch nicht genug gewesen, und mein Instinkt sagte mir, daß mehr nicht drin war. Aber ich mochte sie und erzählte ihr, was passiert war. Sie schwieg eine Weile, dann sah sie mich an, als wüßte ich die Antwort auf alle Fragen.

»Ich sollte mich wohl vorsehen.«

»Wovor?«

Sie rieb sich gedankenverloren ihr feines Handgelenk, während sie nach den richtigen Worten suchte. »Ich halte Pat Dixon für einen gefährlichen Mann.«

»Aber Sie sagten doch, er sei liebenswert.«

Sie lächelte. »Viele Frauen finden gefährliche Männer anziehend, und auch Kriminelle werden von ihren Frauen und ihren Kindern geliebt. Aber sie selbst lieben nicht. Sie sind sentimental, das ist alles. Für sie sind Menschen Objekte und keine Personen.«

Sie spielte mit ihren Haaren, als wäre ich nicht da. Es war Zeit zu gehen.

»Was machen Sie, Rosa? Ich meine, was arbeiten Sie?«

Sie lächelte. »Raten Sie.«

Ich beeilte mich nicht damit, sondern benutzte die Gelegenheit, sie ausführlich zu betrachten. Oh, wie gern wäre ich in diesem Augenblick ein Bar-Mitzvah-Junge gewesen. Auf ihren Beruf wies jedoch nichts hin. »Ich geb's auf.«

Sie lachte. »Ich bin Bewährungshelferin.«

Ich stand auf und gab ihr die Hand. Sie lächelte immer noch.

»Darf ich wiederkommen, wenn ich Ihre Hilfe brauche?«

Sie legte auch noch ihre andere Hand um meine, und ich hoffte, daß das nicht nur ein alter jüdischer Brauch war. Dann gab sie mir einen flüchtigen Kuß und sagte: »Natürlich.« Ich kam mir vor, als hätte ich darum gebeten, mein Vorstrafenregister in Betracht zu ziehen.

Es gibt nur zwei Orte in London, wo man einen echten John Collins bekommen kann; einer von ihnen ist der Special Forces Club. Ich genehmigte mir einen als Schlummertrunk, obwohl ich mir nichts Unpassenderes vorstellen kann. Aber London grummelte in meinem Kopf, vermischt mit einem leiernden Frage-und-Antwort-Spiel, und die Monsterdiesel zwischen meinen Ohren waren auch wieder stampfend in Gang gekommen. Doch eins war sicher: Ich würde Dixon finden. Tot oder lebendig.

Am nächsten Morgen mietete ich einen Capri und war nach einigen

Umwegen schließlich kurz vor elf in Woldingham. Die Vier Winde stellten so etwas wie eine maurische Bauhausversion des Odeons dar, das Ganze allerdings auf einem Grundstück von mindestens anderthalb Hektar. Ich hatte mich von London aus telefonisch angemeldet, und Mylady erwartete mich. Sie war die Freundin vom Typ reiche Hexe und ansonsten gut eins siebzig groß und spindeldürr. Ich weiß nicht, ob es schlichte Seide oder Shantung war, was sie trug, aber eins von beidem war es auf alle Fälle. Das Kleid saß recht gut, wenn man davon absah, daß sie keine Brust besaß und ihre Nippel unter dem dünnen schmiegsamen Stoff wie Reißzwecken wirkten. Sie war nicht gerade in großer Garderobe, aber die Ringe an ihren Händen reichten völlig. Bei Gott, was für Ringe. Sie blitzten und funkelten und explodierten förmlich, wenn sie mit ihren feingliedrigen Händen durch die Luft fuhr. Sie zupfte ihren Rock zurecht, bevor sie sich setzte und mit leicht zurückgelegtem Kopf geduldig abwartete, welche Neuigkeiten aus der Welt zu ihr kommen würden. Ich erzählte ihr nur das Nötigste.

»Oje, was mag der dumme Junge diesmal bloß wieder angestellt haben. Sind Sie seinetwegen beunruhigt, Mr. . . . äh – Farne?«

»Besorgt. Und Sie?«

Sie runzelte die Stirn. Das schien eine gemeinsame Angewohnheit der Dixon-Freundinnen zu sein. Bei Veronica Page sollte es anscheinend Tiefgang bezeugen.

»Nun, es kommt von Zeit zu Zeit vor, daß er nicht erreichbar ist. Aber nie länger als zwei, drei Tage. Man nimmt es hin und denkt sich seinen Teil.«

Wir grinsten uns wie zwei Verschwörer an.

»Und was denken Sie sich?«

»Daß es diese Mädchen sind. Ich weiß allerdings nicht, was er an ihnen findet. Er gehört weit mehr hierher.«

»Was ist er für ein Mann?«

»Phantastisch talentiert, eine große Persönlichkeit. In den richtigen Händen könnte er bis ganz nach oben kommen.« Für den Fall, daß ich nicht spitzgekriegt hatte, welche Hände sie meinte, ließ sie nachdrücklich ihre Ringe aufblitzen. »Seit ich ihm ganz am Anfang das Kapital vorgestreckt habe, ging es ständig bergauf. Aber er läßt sich immer wieder mit den falschen Leuten ein.«

»Sie meinen die Mädchen?«

»Nicht nur, auch all diese zwielichtigen Gestalten, mit denen er sich sonst umgibt.«

»Zwielichtige Gestalten? Von welcher Art?«

»Oh, merkwürdige Leute eben. Eines Abends zum Beispiel fand ich ihn in seiner Wohnung – wir waren verabredet, wie ich betonen möchte – mit einem dieser Männer vor. Sie tranken. Der Mann war gekleidet wie ein Landstreicher, sprach schlimmstes Cockney und ließ jedem Schluck Bier einen lauten Rülpser folgen, während er mich ungeniert beäugte, als wäre ich ein Flittchen. Und er redete mit Pat, als hätte er ihm etwas zu befehlen. Das letztemal, als ich Pat sah – vor ungefähr drei Wochen –, waren diese schauderhafte Mavis und ein Ausländer bei ihm. Uh! Ein Italiener oder so. Wie heißt das Stück ganz unten doch?«

»Kalabrien?«

»Nein, nein. Eine Insel.«

»Sizilien?«

»Genau. Mavis und dieser Mann gingen, kurz nachdem ich kam. Pat hat uns nicht einmal vorgestellt. Er muß sich ziemlich geschämt haben. Er wollte nicht über die beiden reden, aber ich habe ihm trotzdem gesagt, was ich davon hielt.«

»Und was war das?«

»Daß er sich mit solchen Leuten nicht sehen lassen sollte. Er meinte, es sei geschäftlich gewesen, nicht gesellschaftlich, und im übrigen wolle er nicht darüber sprechen.«

Sie sah auf ihre diamantenbesetzte Uhr, und ich verstand.

Mavis Trevor hatte einen Hof in der Nähe von Penshurst in Kent. Als ich eintraf, war sie in einem Gehege bei den Ställen gerade dabei, ein Pferd zu begutachten. Nach einem kurzen Blick und einem Nikken in meine Richtung fuhr sie damit ungerührt fort. Dann gab sie dem Mädchen, das das Pferd hielt, ein paar Anweisungen und drehte sich schließlich, mit den Händen auf den Hüften, zu mir um. Eins war sicher: Sie gehörte nicht zum Kreis der Dixon-Freundinnen. Ihr Blick war hart und erfahren, und offenbar waren nicht alle ihre Erfahrungen gut gewesen. Sie schaute mir zwar nicht in den Mund, aber wie sie ihren verzog, zeigte deutlich, daß sie mich zum Abdecker geschickt hätte, wäre es nach ihr gegangen.

»Was kann ich für Sie tun, Mister?«

Ich erzählte ihr in aller Kürze einiges über Pat Dixon. Ihre Miene verriet weder Überraschung noch Interesse oder Neugier.

»Und weshalb sind Sie hierhergekommen?«

»Ich dachte, Sie könnten mir vielleicht helfen.«
»Wie kommen Sie darauf?«
»Soweit ich weiß, sind Sie mit ihm befreundet.«
»Wer sagt das?«
»Tammy. Tammy Walton.«
»Wo haben Sie die denn kennengelernt?«
»In Santa Margherita.«

Ihre Augen flackerten einen Moment lang, dann senkte sie den Blick und überlegte, während sie mit der Fußspitze einen Stein hin und her rollte. »Nun, ich kann Ihnen nicht helfen«, sagte sie schließlich, indem sie mich herausfordernd ansah.

Ich nahm die Herausforderung an. »Ich denke doch, Miss Trevor.«

Sie wippte leicht mit den Füßen, wie Männer es tun, wenn sie kurz davor sind, loszuschlagen, und ich verlegte mich auf einen Versuchsballon. »Ich will nur überprüfen, daß keiner seiner Freunde weiß, wo er sich aufhält, ehe ich zur Polizei gehe.«

Sie hob das Kinn ein Stück höher. »Wahrscheinlich ist er bei einem seiner Flittchen.«

Ich schüttelte den Kopf und wendete mich halb ab, so als wollte ich gehen. »Nein, Miss Trevor, es ist mehr, und es ist Zeit, es den zuständigen Beamten zu übergeben.« Damit streckte ich ihr die Hand entgegen.

Auf ihren Wangen hatten sich kleine rote Flecken gebildet. »Trinken Sie doch noch einen Tee mit mir, ehe Sie sich auf den Rückweg machen.«

Beim Tee versuchte sie mich regelrecht auszuquetschen. Zu welcher Dienststelle der Polizei ich wolle, etwa in die Albany Street? Mit wem ich sonst noch gesprochen hätte? Was die anderen gemeint hätten? Woher ich wüßte, daß er nicht einfach nur seine Reisepläne geändert hatte? Der Umschwung war schon erstaunlich: von Gleichgültigkeit zu brennendem Interesse. Und das nur, weil ich die Polizei ins Spiel gebracht hatte.

»Ist er oft zu Ihnen herausgekommen, Miss Trevor?«
»Nie öfter als einmal im Monat.«
»Wie war er?«
»Ich weiß wirklich nicht viel über ihn.«
»Ein Geschäftsfreund?«
»Nein, überhaupt nicht – nur ein Bekannter.« Wir hätten genausogut über einen Aussätzigen reden können.
»Aber er mochte das Landleben.«

»Wir hatten gemeinsame Freunde, das ist alles.«

Während ich geruhsam nach London zurückfuhr, dachte ich über Pat Dixons Freundinnen und ihre Kommentare nach. Sie waren nicht gerade das, was man sich unter einem Fan-Club vorstellt. In Sevenoaks hielt ich an und telefonierte mit Veronica Page.

»Farne hier, Miss Page. Ich habe vergessen, Sie etwas zu fragen.«

»Ah ja?«

»Wieviel haben Sie Pat Dixon zum Start vorgeschossen?«

»Nicht sehr nett von Ihnen, mich danach zu fragen. Aber was soll's. Es waren zehntausend.«

»Haben Sie später noch mehr beigesteuert?«

Die Leitung war eine Weile wie tot, dann sagte sie langsam: »Warum fragen Sie mich das?«

»Ich denke, daß er sie vor kurzem erst darum gebeten hat. Sagen wir, vor einem Monat.«

»Wie um Himmels willen haben Sie das herausbekommen?« Sie flüsterte beinahe.

»Das habe ich nicht, Miss Page. Ich habe nur geraten.«

»Er hat mich um viel Geld gebeten, aber ich habe es ihm nicht gegeben.«

»Wieviel wollte er?«

»Hunderttausend.«

»Für die Firma?«

»Das hat er gesagt.«

»Warum haben Sie es abgelehnt?«

»Ich hatte das Gefühl, daß etwas nicht stimmte.«

»In der Firma?«

»Ja. Aber ich hätte es nicht begründen können.«

»Hat er gesagt, wofür er das Geld haben wollte?«

»Um zu expandieren.«

Ich zögerte etwas und entschied mich dann, es zu riskieren. Es war einfacher per Telefon. »Miss Page, verzeihen Sie, daß ich Sie danach frage, aber haben Sie ihn oder seine Firma überprüft, bevor Sie ihm das Geld verweigerten?«

Sie seufzte. »Ja. Mein Vermögensberater hat es für mich getan.«

»Mit welchem Ergebnis?«

»Daß Pat irgend etwas vorhatte und in Problemen steckte, in die ich mich besser nicht verwickeln lassen sollte.«

»Haben Sie Dixon davon erzählt?«

»Nein. Ich habe einen Vorwand benutzt. Daß das Geld festliege. Obwohl er es besser wußte.«

»Wie hat er reagiert?«

»Er war fürchterlich aufgebracht. Dann hat er gebettelt. Mir eine Partnerschaft angeboten und . . .« Sie verstummte.

»Sie gebeten, ihn zu heiraten?«

»Ja, mein Gott. Und jetzt ist er verschwunden. Glauben Sie, daß er eine Dummheit begangen hat?«

»Nicht so, wie Sie es meinen, Miss Page. Danke für Ihre Hilfe.«

Sie weinte, als ich einhängte. Dafür mochte ich sie. Als ich im Club angekommen war und sie noch einmal anrief, um sie nach dem Namen ihres Vermögensberaters zu fragen, hatte sie sich wieder gefaßt.

George Henry Snelgrove hätte es vorgezogen, überhaupt nicht mit mir zu reden, aber wenn einem eine Klientin wie Veronica Page einen Wink gab, konnte man ihn schlecht ignorieren. Dennoch war er nicht bereit, sich ohne Kampf zu ergeben; ich mußte um jeden Zentimeter mit ihm ringen. Von Zeit zu Zeit vertiefte er sich angelegentlich in den aufgeschlagen vor ihm auf dem Schreibtisch liegenden Aktenordner.

»Es war eine private Handelsgesellschaft, Mr. Farne, also eine mit persönlicher Haftung.«

»Wer waren die Anteilseigner?«

»Meine Klientin, Mr. Dixon selbst und eine Mavis Trevor.«

»Ist einer von ihnen ausbezahlt worden?«

»Es wurden Dividenden ausgeschüttet, die die ursprünglichen Investitionen überstiegen.«

»Auch in den letzten Jahren?«

»Im vergangenen Jahr gab es keine Dividende. Die diesjährige Bilanz ist noch nicht abgeschlossen.«

»Irgendwelche Fingerzeige?«

»Nach meinen Erkundigungen wird die Bilanz einen erheblichen Verlust ausweisen. Die Gesellschaft bleibt jedoch solvent und geschäftsfähig.«

»Hatte Dixon Probleme?«

»Finanzieller Art, meinen Sie?«

»Nein, im allgemeinen.«

Daß ich ihm die Möglichkeit entzog, einfach ja oder nein zu sagen, gefiel ihm ganz und gar nicht. »Mr. Farne, die Gesetze gegen Verleumdung und üble Nachrede sind in diesem Land so beschaffen, daß sie eine wahre Goldgrube für skrupellose Anwälte und deren Klienten darstellen. Sie werden also meine Vorsicht in bezug auf Mr. Dixon verstehen. Ich möchte es so ausdrücken, daß es meiner Meinung nach keinen Grund gibt, weshalb Mr. Dixon größere Summen benötigen sollte. Seine Firma läuft zwar nicht besonders gut, aber sie braucht kein Geld; was sie braucht, ist ein besseres Management. Wenn ich mir die Bilanzen der vergangenen Jahre ansehe, frage ich mich überdies, ob die gegenwärtigen Geschäftsergebnisse nicht den Normalfall darstellen, während die der Vergangenheit die Ausnahme waren. Beim derzeitigen reduzierten Geschäftsverlauf bekommen die Anteilseigner immerhin noch zehn Prozent, und das auf Einlagen, die sie bereits mehrfach zurückerhalten haben. Mehr kann ich Ihnen nicht sagen.«

Johnny Haynes hatte mit mir zusammen die SOE-Ausbildung durchlaufen. Während die anderen lernten, hatten wir uns abends ins nächste Palais de Danse verdrückt. Jetzt war er Superintendent der Londoner Polizei, aber das hatte ihn nicht sehr verändert, wie es schien. Sein Mopsgesicht grinste immer noch freundlich, und die verschlagenen Augen waren die gleichen geblieben. Er kaute auf seinen Lippen, während ich mein Anliegen vorbrachte.

»Himmel, Max. Ich kann dir doch nicht einfach so eine von unseren Akten rüberreichen. Aber ich habe der italienischen Polizei eine Kurzfassung geschickt. Warum versuchst du's nicht dort?«

»Du könntest sie dir ansehen, und hinterher plaudern wir dann ein wenig.«

Er schüttelte den Kopf, griff aber zum Telefon. »Sergeant Ames? Richtig. Ich möchte die Akte über Montague C. Dodds. Die, die wir für Santa Margherita zusammengefaßt haben. Die Decknamenkarten brauche ich nicht, aber es gibt da noch einen unerledigten Eintrag in der Liste der gesuchten Personen. Bringen Sie mir die bitte auch und dazu die Verbrechenskarte. Gut. So rasch Sie können.«

Wir unterhielten uns fünf Minuten über alte Kumpel, und dann lagen die dicken Aktenpakete vor ihm. Er überflog ein paar zufällig aufgeschlagene Seiten, ehe er aufblickte und verkündete: »Ich gebe dir eine Auswahl aus dem ›Cemotstatt‹. Genügt dir das?«

Ich nickte, und er wandte sich für ein paar Minuten wieder den Papieren zu. »Cemotstatt« ist ein Polizeikürzel für die zehn hervorstechenden Punkte eines Verbrecherprofils, so ähnlich wie die sechs W – wer, was, wann, wo, wie, warum –, nur daß das »Cemotstatt« kein einzelnes Verbrechen aufführt, sondern die Grundmuster, die Methoden.

Er warf mir einen kurzen Blick zu. »Bist du bereit?«

»Ja.«

»Sparte: Banken, große Häuser, Lohnauszahler in der Industrie. Verhalten: gewalttätig, Waffengebrauch. Vorgehen: als Bandenmitglied. Motiv: persönlicher Gewinn, neuerdings Böswilligkeit. Zeit: Zahltage, Wochenenden, nachts. Stil: entfällt. Tarnung: entfällt. Komplizen: eine Liste von vierzehn Namen aus zwölf Jahren. Bis auf einen allesamt in den Akten geführt. Die Ausnahme wegen Tod. Transportmittel: entfällt. Besondere Merkmale: hat Wachhunde getötet, Gewaltanwendung, selbst wenn die Opfer kooperieren.«

Er lehnte sich zurück. »Er gibt eine hübsche Leiche ab. Noch Fragen?«

»Was für Überfälle waren es, Johnny?«

Er spitzte in gespieltem Widerstreben die Lippen. »Große Lohngeldsummen, Banken, Juwelen und was sich so in Villen holen läßt. Er war ein ganz schöner Brocken, sehr gefragt. Bis er vor einem halben Jahr plötzlich von der Bildfläche verschwand. Er war der Mann fürs Grobe beim Überfall auf die Fabrik in Croydon, bei dem ein Constable getötet wurde. Danach ist er vermutlich nach Spanien gegangen. Auf dem Kontinent gab es für ihn dann höchstwahrscheinlich nur noch kleine Jobs. Einschüchterung von Schuldnern und solche Dinge. Paragraph 40 des Justice Act 1970.«

»Hat einer der Komplizen auf eurer Liste die Initialen D. T.?«

Er schlug mit einem Seufzer in der Akte nach und schaute sich die Liste an. Dann schüttelte er den Kopf. »Nein, Max. Keiner der Nachnamen beginnt mit T.«

»Danke.«

»Die Staatsanwaltschaft hat den Italienern eine Stellungnahme zu unserer Rechtsauffassung bei nichtkriminellem Totschlag geschickt. Unter anderem mit Bezug auf Palmer gegen die Krone von 1971. Sieht so aus, als würde man auf Notwehr erkennen, trotz des fehlenden Ausweichversuchs. Das wollte ich dir noch sagen. Man scheint dir nicht allzu böse zu sein.«

»Kann ich dich zum Essen einladen?«

»Nein, danke. Ich bin ab morgen im Urlaub und muß den Papierberg noch ein Stück abtragen. Aber halt mich auf dem laufenden.«

Es gab einen nächtlichen Charterflug von Gatwick, in den man mich einschob. In Mailand nahm ich den Flughafenbus zum Bahnhof. Der Mailänder Hauptbahnhof wirkte wie eine kühle Kathedrale, und ich hatte noch Zeit, eine Tasse Espresso zu trinken, bevor mein Zug abfuhr. Kurz vor sechs kam ich in Santa Margherita an.

Ich ging die Treppe zur Via Pagani hinunter und die Promenade entlang. Es war wunderbar, wieder in Italien zu sein. Ich warf mich zwar nicht zu Boden, um die Erde zu küssen, aber wenn es von mir erwartet worden wäre, hätte ich keinen Moment gezögert. Sogar zu dieser frühen Stunde strahlten die Häuserfassaden ein warmes, gelbliches Licht ab. Als ich bei der Banca di Roma ankam, war die Sonne durchgebrochen und verlieh den Dingen einen scharfen, dunklen Schatten, und die Brise, die von der Bucht hereinwehte, war angenehm erfrischend. Am Ende der Promenade waren die verschwommenen Umrisse der Boote zu sehen. Die See war glatt und ruhig; es war kein Grünton mehr zu erkennen, nur noch die Spiegelung des wolkenlosen blauen Himmels.

Ich beschloß, aufs Boot zu gehen und bis Mittag zu schlafen. Tammy konnte ich immer noch sehen. Ich brauchte etwas Zeit für mich allein. Jemand hatte das Segeltuchverdeck hochgezogen, und ich löste die Druckknöpfe, ehe ich in den Fahrstand ging. Die Salontür war verschlossen, und ich zog den Reserveschlüssel unter dem Echolot hervor. Die Luft im Salon war klar und frisch. Der Teppich war zurückgeschlagen, und die Bodendielen waren angehoben worden, damit die Luft zirkulieren konnte. Die Steuerbordfenster standen einen Spaltbreit offen. Alles sah frisch poliert und sauber aus, wie es sich für ein Schiff gehört.

Ich schaltete das Radio an. Man brachte eine der hundertfünfzig Violinsonaten von Tartini, erfreulicherweise mit Klavierbegleitung anstelle eines Cembalos. Ich fühlte mich eingehüllt von der Wärme Italiens, der des Tages wie der spirituellen, und überlegte, ob ich zum Katholizismus übertreten sollte, entschied mich dann jedoch für eine Tasse Tee. Ich war hundemüde, aber es dauerte noch einige Zeit, bis ich mich auf der dreieckigen Schlafstelle im Bug ausstreckte. Kurz bevor ich die Augen schloß, wußte ich, was mich so lange wach gehalten hatte: der Wunsch, Tammy bei mir zu haben. Ich wünschte, sie wäre am Flugplatz gewesen, als ich aus der Maschine stieg. Aber es gab einen Preis für meine Art zu leben, und das war ein Teil der Bezahlung. Ab und an fühlt man sich eben ein bißchen einsam.

5

Ich unterrichtete die Polizei von meiner Rückkehr, aber das schien niemanden sonderlich zu interessieren. Ich fragte den *tenente*, ob man herausgefunden habe, woher Dodds gekommen war. Er war ein kräftiger, dunkler Sizilianer und verschluckte die Wortenden, selbst wenn er Englisch sprach.

»Kam aus Mailan'. Davor aus Basel un' davor von der Cost' de' Sol. Er wurd' wegen Mord un' Körperverletzung von de' Schweizer und de' französische Polizei gesucht. Sie vergess'n, eh? Kein Problem für Sie.«

»Für wen hat er gearbeitet?«

Er schüttelte den Kopf. »Für *nessuno* in Italia.«

Ich rief aus der Bar Sole bei Mario an und las den *Corriere della Sera* vom Vortag, während ich auf ihn wartete. Die Inflation sollte auf bloße 21 Prozent »heruntergeschraubt« werden. Ein Starlet aus der Cinecittà gab ihre Ansichten zur Ehescheidung zum besten. Ein Artikel beklagte den Lebensstil der zugewanderten Arbeiter aus dem Süden. Und eine Opernkritik äußerte sich vernichtend zu einer von einem Gastensemble dargebotenen Aufführung der *Italienerin in Algier* in der Scala.

»*Buon giorno*, Max. *Come stai*?« Mario warf seinen Hut auf den freien Stuhl neben sich und nahm Platz.

»Wie steht's bei dir, Mario?«

»Oh, es geht mir gut. Mafalda mag sie sehr. Sie ist ein gutes Mädchen.«

»Irgendwelche Geschäfte in Sicht?«

»Ja. Ein Engländer, der ein großes Boot haben will.«

»Ob er die Van Lent mit Stahlrumpf nehmen würde?«

»Möglicherweise.«

»Was macht er?«

»Ihr nennt das Handelsbankier, glaube ich. Er hat Geld in einer Plastikfabrik in Turin.«

»Wo wohnt er?«

»Im Miramare.«

»Dann machen wir uns auf den Weg.«

Arthur Hughes war ein flinker, kleiner Mann mit militärischem Schnurrbart, walnußbraunen Augen und grauen Haaren. Ich klärte ihn über die Van Lent auf. Siebzehneinhalb Meter Gesamtlänge, zwei Volvo-Penta-Diesel und was es sonst noch zu sagen gab.

»Eine Höchstgeschwindigkeit von elf Knoten scheint nicht sehr viel zu sein.«

»Nun, wenn Sie etwas Schnelles haben wollen, Mr. Hughes, ist die Van Lent nicht das richtige Boot. Aber Sie würden an Komfort verlieren, wenn Sie mehr Geschwindigkeit wollen. Ein Tragflächenboot wäre sicher schneller, aber Sie würden es vor Krach nicht aushalten.«

»Verstehe. Aber wie ist es, wenn die Geschwindigkeit nur ein wenig größer wäre?«

»Nun, wenn Sie kreuzen wollen, wie ich annehme, brauchen Sie die Geschwindigkeit gegen die Gezeiten und den Wind. Elf Knoten sind dafür in diesen Gewässern mehr als genug, ebenso an den französischen und englischen Küsten. Wenn Sie auch nur fünf Knoten mehr haben wollen, bezahlen Sie das mit einem erheblich höheren Preis und mit einer Einschränkung der Reichweite. Die Van Lent besitzt immerhin einen Radius von 658 Seemeilen.«

Es war augenscheinlich, daß Vernunft und Statusanforderungen in ihm in Streit lagen. Aber ich hielt ihn für klug genug, sich nicht von der Protzerei beherrschen zu lassen.

»Ich kann Ihnen natürlich ein schnelleres Boot besorgen, wenn Sie unbedingt wollen. Aber das hier ist wirklich zu empfehlen. Es hat einem sehr reichen Griechen gehört, als ich es kaufte.«

»Und wieviel würde es mich kosten?«

»Kauf oder Unterhalt?«

»Beides.«

»Ich habe neunzehntausend bezahlt. In Pfund. Dazu kommt die Überholung beider Maschinen. Die Erneuerung sämtlicher Instrumente – Brookes & Gatehouse. Sie ist sozusagen auf Herz und Nieren geprüft worden. Ich würde also sagen: fünfundzwanzigtausend, einschließlich eines Brückenliegeplatzes bis zum Ende der Saison.«

»Machen wir vierundzwanzig daraus, vorausgesetzt, es gefällt mir.«

»Okay, aber dann ohne Liegeplatz.«

Er wandte sich an Mario. »Können Sie mir einen Liegeplatz vermitteln?«

»In dieser Saison nicht. Für die nächste, ja. Zur Zeit könnte ich Sie nur in Camogli oder Chiavari unterbringen.«

Hughes lachte auf und erhob sich. »Wann kann ich es sehen?«

»Ich bringe Sie heute nachmittag hin; es liegt in Rapallo. Wenn es Ihnen gefällt, können wir mit ihm zurückfahren.«

Ich bat Mario, zwei Mann anzuheuern, die auf der Sea Lion des Deutschen klar Schiff machen sollten, und bestellte für den Nachmittag ein Taxi. Außerdem ließ ich Tammy durch Mario ausrichten, daß sie, wenn sie Lust habe, die Bootsfahrt mitmachen könne. Irgendwie fühlte ich mich ungemütlich bei dem Gedanken, sie wiederzusehen; es würde einfacher sein, wenn andere dabei waren. Dann deckte ich mich mit Lebensmitteln ein, einschließlich mehrerer Flaschen Soave und Valpolicella.

Es war Mittag, und im Boot war es zwar schattig, aber heiß. Ich entkorkte eine der Soave-Flaschen, goß mir ein Glas ein und setzte mich mit einem Notizblock an den Tisch. Irgendwo gab es ein Muster, was Dixon betraf, aber ich bekam es nicht zu fassen. Vielleicht half es, wenn ich schriftlich nachdachte. Ich hatte gerade damit begonnen, als das Boot sanft schaukelte, einmal und dann noch einmal, und als ich mich umdrehte, stand Tammy in der Tür. Sie lächelte, und die Sonne schien durch ihre goldenen Haare. Sie trug wieder ihre abgeschnittenen Jeans. Als ich aufstand, kam sie die Treppe herunter, und ich betrachtete einen Augenblick ihr feines Gesicht, bevor ich sie küßte. Unter der Jacke war sie nackt, und als ich meine Hände auf ihre Brüste legte, war es besser, als jede Begrüßung auf dem Flugplatz hätte sein können. Sie nahm meine Zärtlichkeiten gelassen hin; erst als ich am Reißverschluß angelangt war, half sie mir, und während sie die Jeans mit den Füßen abschüttelte und meine Hand zwischen ihre Beine wanderte, saugte sie sich an mir fest. Ich war unfähig, auf die Bequemlichkeit der Koje zu warten; ich wollte sie sofort und auf der Stelle, und sie wußte es und tat ihr Bestes, um mich zufriedenzustellen. Beim zweiten Mal, auf der Schlafstelle, war es nicht weniger intensiv, und als wir fertig waren, legte sie mir die Hand an die Wange und küßte mich sanft. »Hallo, Max. Willkommen«, sagte sie, und da prusteten wir los.

Ich holte uns zwei Coke, legte mich wieder zu ihr in die Koje und erzählte ihr, was ich in London erfahren hatte. Ich hatte mich auf einen Ellbogen gestützt, meine Coke auf ihrem flachen Bauch, und sie sagte: »Max, du hörst ja gar nicht zu.«

»Doch, tue ich.«

»Wenn du mich ansehen willst, dann sag es.«

»Ich will es.«

Sie lächelte und drehte sich zu mir.

Wir waren ausgehbereit gewaschen und gebürstet, als das Taxi hupte. Eine halbe Stunde später waren wir am Kai im Hafen von Rapallo.

Die Van Lent lag ziemlich weit draußen vor Anker, und einer der Fischer ruderte uns hinüber. Ich nahm die Planen herunter, ehe ich die anderen an Bord rief. Das Boot war Baujahr '58, es machte etwas her, sah gut aus und war geräumig. Ich hätte mir in der Breite vielleicht einen halben Meter mehr gewünscht, aber es lag gut im Wasser und hatte nur anderthalb Meter Tiefgang. Es besaß eine gutausgerüstete Kombüse in Teakholz und rostfreiem Stahl, ein Funktelefon, Echolot und nicht zuletzt den Sharp-Autopilot. Für Küstenfahrer zwar die reine Geldverschwendung, aber Anfänger fühlen sich nun einmal besser, wenn sie ihn an Bord haben.

Ich kletterte mit Hughes zu den Motoren hinunter, schaltete das Licht ein und ließ ihn mit der Hand fühlen, daß sie nicht vorgewärmt waren. Als er den roten Knopf drückte, rumpelten und stotterten sie einen Augenblick, dann hatten sie ihren soliden Rhythmus gefunden.

Das Boot lag mit dem Heck zur Stadt hin. Ich drückte den Knopf für die Winde, und der Anker tauchte langsam aus den Wellen. Als er oben war, überließ ich Hughes das Ruder und ging nach hinten, um den Heckanker zu hieven. Das Boot schlingerte sacht in der abziehenden Flut. Zurück im Fahrstand, drehte ich es in Richtung offene See, und zehn Minuten später schaukelten wir durch die Brandung. Die Van Lent war ein gutes, solides und sicheres Boot, und ich wußte, daß sie das Richtige für Hughes war. Ich ließ ihn ans Ruder und sie in einem weiten Bogen auf Santa Margherita zusteuern, und als Rapallo im frühabendlichen Dunstschleier verschwand, sagte er, daß er sie nehmen würde. Ich setzte mich über Funk mit dem Hafenmeister von Rapallo in Verbindung und bat ihn, dem Taxifahrer Bescheid zu geben. Nachdem wir in die Bucht von Santa Margherita eingelaufen waren, brachte ich meine zusammengewürfelte Mannschaft auf Trab und zeigte Hughes das Wichtigste, was man als Bootsführer wissen mußte – wie man das Boot ruhig hielt, auf einer Stelle, gegen Strömung und Wind. Das Dingi hing bereits am Davit; es kam gut ins Wasser, und ich nahm die Leine und zog es zu der Relingöffnung.

Wir stießen auf meinem Boot auf das Geschäft an, und ich überließ dem neuen Eigner meinen Reserveliegeplatz. Dann verabredeten wir uns für den nächsten Vormittag um zehn Uhr in der Banca di Roma, wo ich die Kaufsumme erhalten sollte.

Am Abend aßen wir mit Hughes und seiner Familie zusammen im Miramare, und danach machte ich mit Tammy einen Spaziergang über die Piazza, vorbei an der zusammengebrochenen Brücke und weiter bis zu dem Punkt, an dem die Villen den Kampf aufgaben und die Oliven und Pfirsiche das Feld übernahmen. Die Stadt lag im Dunkeln unter uns, doch die Boote dahinter waren vom Mondlicht beschienen, und die Lichter von den Decks und aus den Bullaugen warfen schimmernde Pfade auf das Wasser. Die Luft roch nach Mimosen, und die Erde war immer noch warm, als wir uns setzten. In einem der Gärten unter uns begann eine Nachtigall zu singen, und eine zweite in ihrer Nähe trat mit ihr in Wettstreit. Aus einer der Villen waren die verwehten Klänge eines alten italienischen Liedes zu hören – *»Vento, vento portami via con te . . .«* –, und ich sang es Tammy leise vor. Es hatte 1942 den ersten Preis der Neapolitaner Piedigrotta gewonnen, und wir hatten es in der Partisanengruppe als Erkennungszeichen ausgemacht. Auch damals hatte ich nachts auf Hügeln gesessen, doch die Luft hatte nach heißen Gewehrläufen gerochen, und wenn es still war, hatten wir keine Nachtigallen gehört. Ein rollender Stein hatte genügt, um unsere Herzen zum Rasen zu bringen; außerdem lag die meiste Zeit über Schnee. Damals hatte ich die Menschen geliebt, doch das Land gehaßt. Jetzt liebte ich auch das Land. Hierher zurückzukommen, war für mich, als würde ich in ein warmes vertrautes Bett schlüpfen.

Tammy hatte ihr Gesicht dem tiefblauen Himmel und den Sternen über uns zugewandt, und das Mondlicht ließ ihre Haut magnolienfarben erschimmern.

»Tammy, ich muß wieder nach London.«

»Wann?«

»Morgen, wenn ich einen Platz in einem Flugzeug bekomme.«

Ihr Kopf senkte sich langsam, bis er auf ihren Knien zu liegen kam. Dann drehte sie ihn zur Seite, um mich anzusehen.

»Möchtest du mitkommen? Du kannst aber auch auf meinem Boot bleiben oder bei Mario. Ganz, wie du willst.«

»Wie lange wirst du fort sein?«

»Eine Woche, zehn Tage. Ich weiß nicht genau.«

»Ist Pat tot?«

»Ich glaube, ja.«

»Weißt du, wie und warum?«

»Ich denke, ich weiß, warum, und ich werde herausfinden, wie.«

»Ich möchte gern mitkommen.«

Ich gab ihr einen Kuß, und sie erwiderte ihn heftig. Es war fast Mitternacht, als wir zum Boot zurückkamen.

Ich ließ Mario eine lange Liste mit Anweisungen über die diversen Boote da und übergab ihm Hughes' Kreditbrief, den er einlösen sollte, und einen Scheck über seine Provision und die Auslagen für mich. Für Tammys Unterbringung bei ihm hätte er nichts angenommen.

Wir hatten für einen Pan-Am-Flug Mailand–London um sechs Uhr gebucht, und kurz vor zehn schrieb ich uns im Hilton ein.

Am nächsten Morgen kaufte ich eine Generalstabskarte von Penshurst und zwei Eins-zu-vierzehntausend-Blätter der Farm. Danach fuhr ich zu Dixons Büro. Miss Lakeman-Hart telefonierte, als ich ankam. Sie erkannte mich sofort und legte abrupt den Hörer auf.

»Was kann ich für Sie tun, Mr. Farne?«

Das Telefon klingelte. Jemand wollte wissen, warum sie aufgelegt hatte. Sie hob den Hörer an ihr Ohr, ohne den Blick von mir abzuwenden.

»Hallo. Nein, ich fürchte, nicht. Bitte rufen Sie später noch einmal an.« Sie legte wieder auf.

»Irgendeine Nachricht von Mr. Dixon?«

»Leider nicht.«

»Wer führt derzeit die Firma?«

»Miss Trevor und ich kümmern uns darum.«

»Was haben Sie unternommen, um Mr. Dixon zu finden?«

Auf ihrem schönen Gesicht zeigten sich zwei rote Flecken. »Mr. Farne, ich muß Sie bitten zu gehen.«

»Okay. Darf ich vorher noch Ihr Telefon benutzen?«

Sie zeigte mit einer ausladenden Geste auf den Apparat. Ich hob ab und wählte.

»Hallo, ist dort Scotland Yard? Ja, bitte. Können Sie mir sagen, wie ich mich mit dem Betrugsdezernat in Verbindung setzen kann . . .«

Ein gepflegter Finger hatte die Leitung unterbrochen. Ich lehnte mich gegen die Wand und betrachtete Miss Lakeman-Hart. Ihr sonst so beherrschtes Gesicht war flammendrot vor Verwirrung und Ärger; sie wußte nicht, was sie tun sollte. Sie trug eine weiße Seidenbluse und einen gutgeschnittenen schwarzen Rock mit einem breiten glänzenden

Gürtel um ihre schmale Taille. Sie war wirklich hübsch, und während ich sie so musterte, fragte ich mich unwillkürlich, was wohl mit dem Sex-Appeal geschehen war. Hatte sie nie einen besessen, oder hatte sie ihn erst im Laufe der Zeit durch irgendwelche Erlebnisse verloren? Sie merkte natürlich, wie ich sie abschätzte, und ich konnte mir vorstellen, daß sie schon für weniger Ohrfeigen verteilt hatte.

Auf ihrem weitläufigen Schreibtisch stand eine kleine Pyramide, auf der zu lesen war: »Miss Daphne Lakeman-Hart.« Ich lächelte sie an und sagte: »Das war sehr dumm von Ihnen, Daphne.«

Sie war ihrerseits dazu übergegangen, mich in Augenschein zu nehmen, offenbar mit Erfolg; jedenfalls hatte sie sich für eine Taktik entschieden. Sie lehnte sich mit vorgebeugtem Oberkörper lässig an einen der Aktenschränke, um mir das in ihrer weißen Bluse verborgene Panorama zu erschließen. Es war zwar nicht mit dem von Tammy zu vergleichen, aber beeindruckend genug. Als mein Blick wieder bei ihrem Gesicht angelangt war, lächelte sie mich beinahe einladend an.

»Ich glaube, wir sollten uns ein wenig unterhalten, Mr. Farne.« Sie nickte in Richtung der offenen Tür zu Dixons Büro. Der Teppichboden war ungefähr so tief wie der Rasen des Wembley-Stadions, auf dem sich die Cup-Finalisten ihre Krämpfe holen. Zwei, drei massige Sessel und eine Couch, auf dem sechs oder sieben Leute bequem Platz gehabt hätten, waren um einen niedrigen Glastisch von ebenfalls beachtlichen Ausmaßen gruppiert. Daphne ging zu der Hausbar hinüber und trödelte mit den Gläsern herum. Ich fragte mich, ob sie mir vielleicht eine Pille untermischte. Schließlich kam sie zurück und setzte sich neben mich auf die Couch. Ich nippte an dem Drink. Es war Gin Fizz; er schmeckte normal, und ich drehte mich zur Seite, um ihr ein Kompliment zu machen. Da entdeckte ich, warum sie sich so lange mit den Drinks aufgehalten hatte. Die beiden obersten Perlknöpfe ihrer Bluse standen offen und gaben den Blick auf ihre Besitztümer frei; genauso wie ihr Rock den auf einen Großteil der langen dünnen Beine mit den schmalen Fesseln und den schwarzen Pumps. Als meine Augen die Rundreise beendet hatten, hob ich sie wieder zu ihrem Gesicht und sah ihr in die großen blauen Augen. Sie erwiderte meinen Blick und ließ das Glas spielerisch gegen ihre Zähne klirren. Dann setzte sie es ab, beugte sich zu mir herüber und legte mir eine Hand aufs Knie.

»Was, glauben Sie, ist mit Pat passiert, Mr. Farne?«

Uneigennützig und reinen Gewissens wie immer, kam ich ihrer Bewegung entgegen und legte meine Hand auf *ihr* Knie.

»Ich glaube, er ist tot, Daphne«, antwortete ich, während meine Hand auf dem glatten Nylon ihr Bein hochfuhr, bis sie unter ihrem Rock angelangt war. Sie reagierte nicht, weder auf die Neuigkeit noch auf die Hand, wenn man von dem nachdenklichen Ausdruck absah, den ihr Gesicht angenommen hatte, als meine Hand auf ihrem Bein landete.

»Was, denkst du, ist ihm passiert?«

Ihr Gesicht war dem meinen so nah, daß es gemein gewesen wäre, sie nicht zu küssen. Irgend jemand mußte den richtigen Knopf gefunden haben, den für den Entfroster; sie kam mir mit erstaunlicher Gier entgegen. Während ich die restlichen Knöpfe ihrer Bluse öffnete und meine Hände ihre Brüste zu erforschen begannen, wurde ihr Atem schwer, und als ich sie auf die Sitzkissen drückte, seufzte sie wohlig auf. Dann schob ich ihr die Bluse über die Schultern, und sie half mir den Rock über ihre langen Beine zu streifen. Sie trug Nylons und einen weißen Strumpfhalter. Ich betrachtete sie, von ihrem Blick verfolgt, von oben bis unten. Ihre dicken blonden Haare hatten sich über die Kissen ausgebreitet, und als ich mich zu ihr hinabbeugte, um sie zu küssen, zog sie mich auf sich, und ihre Hand hieß mich zwischen ihren Beinen willkommen.

Nach dem zweiten Mal fragte sie mich, während sie mein Gesicht streichelte, mit sanfter Stimme: »War es gut, Max? War es das, was du wolltest?« Ich erwiderte die passenden Worte. Sie *war* ein Luder. Nur Luder stellten solche Fragen, weil für sie alles einseitig ist. Sie erlauben es, aber sie sind nicht beteiligt. Dann fragte sie, immer noch über mein Gesicht streichend: »Sag mir, was Pat deiner Meinung nach passiert ist.« Dabei schob sie sich weiter unter mich; sie hatte bezahlt und wollte jetzt Leistung sehen oder vielmehr hören.

»Ich glaube, er hat sich auf etwas eingelassen, dem er nicht gewachsen war.« Dann realisierte ich, daß sie mich Max genannt hatte. Ich hatte ihr nicht gesagt, wie ich heiße, aber vielleicht hatte sie meinen Namen aus Dixons Notizen über den Bootskauf. Ihr Körper bewegte sich immer noch leicht, um mich an die noch bevorstehenden Attraktionen zu erinnern. Ihre Stimme klang eher normal: »Sag mir alles, Max. Worauf hatte er sich eingelassen?« Aber sie hatte sich einmal zu oft bewegt, und ich nahm ihr die Initiative aus der Hand. Diesmal zog ich es in die Länge, und gerade als ich den Punkt erreicht hatte, an dem es keine Rückkehr mehr gab, hörte ich, wie ihr ein »O Gott« entfuhr. Sie versuchte, sich von mir zu lösen, aber ich hielt sie fest, bist die Musik verklungen war. Dann sah ich ihr ins Gesicht. Es war bleich, und sie starrte wie gebannt über meine Schulter, während sie sich unter mir hervorarbeitete, um aufzustehen.

Ich blickte mich um. In der offenen Tür stand Mavis Trevor. Ihre Augen sprühten Funken, und die Worte überstürzten sich, als sie Daphne anzischte: »Du dreckige kleine Hure. Du Abschaum, du . . .« Ihr fehlten die Worte. Sie mußte den letzten Teil der Vorstellung mit angesehen haben, und er schien ihr mißfallen zu haben. Sie stand wutbebend daneben, während wir Darsteller uns wieder in Fasson brachten. Als ich soweit war, gab ich Daphne einen flüchtigen Kuß und sagte: »Ich ruf dich an, Schätzchen.«

Ich muß gestehen, daß mein Kopf trotz des Vergnügens, das mir meine Nachforschungen beschert hatten, eigensinnig in Funktion geblieben war und meine Aufgabe fest im Blick behalten hatte. Ich rief Johnny Haynes an.

»Johnny, hatte Dodds irgendwelche Verwandten? Familie und so weiter?«

»Ja. Eine Frau und zwei erwachsene Kinder.«

»Wo leben sie?«

»Kann mich nicht erinnern. Bleib dran, ich seh nach.« Er verschwand für eine Weile, dann hörte ich das Rascheln von Papier. »Hier ist es. Die Frau heißt Maureen. Wohnt in der Sheet Lane 42, South Croydon. Schon seit fünfzehn Jahren. Willst du auch die Adressen der Kinder?«

»Nein, es reicht schon, Johnny. Danke.«

Die Sheet Lane mochte vor sechzig Jahren tatsächlich eine Gasse gewesen sein, jetzt unterschied sie sich in nichts von den vielen anderen trostlosen Londoner Vorortstraßen. Die Häuser waren frühviktorianisch; einige der Bewohner hatten jedoch den tapferen Versuch unternommen, den Ratschlägen der Sonntagsbeilage ihrer Zeitung zu folgen. Nummer 42 besaß eine schwere, hellgelb gestrichene Haustür. Die Stufen davor waren gleichmäßig ausgetreten, und noch bevor ich den Klingelknopf gedrückt hatte, wußte ich, daß es ein Glockenspiel sein würde. Die Frau, die mir öffnete, war eine kleine, muntere Person. Ich sagte ihr, ich hätte von Montys Ableben gehört; sie sah mich zweifelnd an, ließ mich aber ein.

Sie führte mich in ein Besuchszimmer mit Blick auf die Straße. Wäre ich einer dieser arroganten Laffen gewesen, die mir ständig über den Weg liefen, hätte mich Mrs. Dodds' Besuchszimmer zum Lachen gereizt, aber ich war in einem Haus wie diesem aufgewachsen; ich fühlte mich zu Hause. Mrs. Dodds strich ihre Schürze glatt, während sie sich setzte, doch dann kam ihr zu Bewußtsein, wo sie sich befand, und sie nahm sie ab, faltete sie zusammen und legte sie unter sich.

»Sie haben Monty also gekannt?«

»Nicht sehr gut, Mrs. Dodds. Aber ich habe mich gefragt, wie Sie jetzt zurechtkommen.«

»Gehörten Sie zu seinen ... äh ... Geschäftsfreunden?«

»Eigentlich nicht. Ich bin ihm nur einmal begegnet.«

Ihren wachsamen Augen entging nichts. »Sie sind ein Reporter, stimmt's?«

»Nein. Ich wollte mich nur vergewissern, daß Sie über die Runden kommen.«

Sie nickte beifällig, blieb aber auf der Hut; sie würde keine Silbe preisgeben. »Es geht mir gut, danke, mein Bester. Möchten Sie noch eine Tasse Kaffee, bevor Sie gehen?«

Der Kaffee war gut, und nachdem ich ihn ausgetrunken hatte, verließ ich Mrs. Dodds. Das schwere Eisentor quietschte, als ich es hinter mir zuzog. Ich wünschte, ich hätte nicht gehen müssen.

Wir mieteten uns bei Avis ein Auto und waren genau um Mitternacht in Penshurst. Es war stockdunkel, und ich fuhr langsam zur Hever Road. Achthundert Meter vor der Farm bog ich in einen zerfurchten Feldweg ein, der vor einem offenen Gattertor endete. Wir gingen zu Fuß weiter, bis wir die schwarzen Umrisse der Farmgebäude vor uns sahen. Ich ließ Tammy an einer mächtigen Kastanie zurück; nach wenigen Metern schien sie von ihrem Schatten aufgesogen zu sein. Ich kletterte über ein Holztor und folgte einer Rotdornhecke, die mich weit hinter die Farmgebäude führte. Am Ende der Hecke wandte ich mich nach links auf ein Gerstenfeld, das zu den Gebäuden hin abfiel. Das Farmhaus war ein flacher Fachwerkbau, und das Mondlicht spiegelte sich in den bleichgefaßten Fenstern, so daß das Haus wie eine Filmkulisse wirkte, leer und verlassen. Auf der Straße hinter dem Haus war der Lichtkegel eines einsamen Autos zu sehen. Sonst rührte sich nichts, aber ich blieb, wo ich war, und wartete noch zehn Minuten ab. Ich fühlte mich nicht sehr wohl in meiner

Haut. Das Ganze war lächerlich. Ich hätte jetzt gemütlich auf meinem Boot in Birdham Pool sein können oder in der Bucht von Santa Margherita. Was zum Teufel brachte einen Mann von fünfzig dazu, sich mitten in der Nacht ins feuchte Gras einer Farm in Kent zu stellen und auf den richtigen Zeitpunkt zu warten, um in das Farmhaus einzubrechen? Und das alles nur, weil ein Mann, den ich nur zweimal getroffen hatte, anscheinend verschwunden war. Ich blickte auf meine Uhr. Es war Zeit anzufangen.

Auf dem Weg hinunter zur Gartenhecke scheuchte ich, zu beiderseitigem Erschrecken, ein Kaninchen auf. Am Haus angekommen, stellte ich fest, daß die Fenster allesamt verschlossen waren. Die französischen Fenster wären mit einem Messer zu öffnen gewesen, aber dann hätte ich Spuren auf dem Rahmen hinterlassen. Die Hintertür hatte ein Sicherheitsschloß; ich brauchte fast drei Minuten, bis ich es auf hatte. Dahinter lag eine große bäuerliche Küche. Mavis Trevor hatte seit einigen Tagen nicht abgewaschen. Das paßte zu ihr als Pferdenärrin. Ich ging in die Halle hinüber, die von einem Ziegelsteinkamin beherrscht wurde, und weiter in ein weiträumiges Wohnzimmer mit einer großzügigen Kaminecke mit einem massiven Stahlträger als Querbalken. Unter dem Hauptfenster in der Rückfront des Hauses stand ein altmodischer Schreibtisch – das Ziel meiner mitternächtlichen Eskapade.

In den beiden mittleren Schubkästen befand sich ein Durcheinander von Büromaterial. Heftern, Visitenkarten und Landkarten. Die drei Schubkästen auf der linken Seite enthielten auf Pferdeschauen gewonnene Rosetten, Stammbaumformulare und Bestellungen und Rechnungen über Pferdefutter und Verkäufe. Die beiden unteren Schubladen rechts waren verschlossen. Ich öffnete sie mit Hilfe eines Messers und einer Büroklammer. In dem mittleren Schubkasten lag obenauf ein großes, dickes Kuvert, voll mit Fotos, wie ich feststellte, als ich den Inhalt auf die Schreibtischplatte schüttete. Fotos von Mavis Trevor und Daphne Lakeman-Hart. Glänzende, schwarzweiße 24x18-Aufnahmen, unretuschiert und scharf wie ein Rasiermesser. Mavis Trevor schien gewaltige Ausmaße angenommen zu haben, und um ihre Hüfte war ein Gurt mit einem künstlichen Phallus geschlungen. Es wirkte wie ein Remake von *King Kong und die weiße Frau.* Aber was die Fotos so öbszön machte, waren nicht die erbärmlichen Aktionen, sondern die Gesichter der beiden Frauen, Daphnes in schmerzvoller Ekstase geschlossene Augen und Mavis Trevors von brutaler Dominanz verzerrte Miene. Ich nehme an, manche Männer zeigen diesen Ausdruck ebenfalls, aber Gott helfe den Frauen, die unter ihnen zu leiden haben. Ich sortierte ein paar Fotos aus und steckte die anderen in das Kuvert zurück.

Ich fand noch zwei Umschläge mit Fotos. Der dünnere der beiden enthielt Fotos von Pferden. Zuchthengste, die Stuten besteigen, mit langen gewölbten Nacken, in Mähnen vergrabenen großen weißen Zähnen und wild verdrehten Augen. Verglichen mit den Frauen waren sie beinahe schön. Der dritte Umschlag war prallvoll mit Fotos verschiedener Größe, matt oder in Hochglanz. Luftaufnahmen von imposanten Wohnsitzen und Industriekomplexen, dazu Geschäftsstraßen und architektonische Details. Als ich in das Haus einbrach, hatte ich nicht genau gewußt, wonach ich eigentlich suchte; jetzt wußte ich es.

Im unteren Schubkasten stapelten sich Zeitungsausschnitte, ausnahmslos Inserate: Gebrauchtwagen, Stellenangebote, Haushaltsgeräte und Pferde. Einige waren so alt, daß sie bereits vergilbt waren.

Ich schloß die Schubkästen wieder ab, steckte den Umschlag mit den Architekturfotos ein und zog mich auf dem Weg, den ich gekommen war, zurück. Tammy stand zitternd unter dem großen Baum. Es war vier Uhr früh, als wir die Battersea Bridge passierten, und eine Stunde später lagen wir im Bett.

Kurz nach zehn rief ich Mario an. In La Spezia wurde ein hübscher Katamaran zum Verkauf angeboten. Ich sagte nein. In Genua wurde eine 15-Meter-Akerboom und in Rapallo eine 20-Meter-De-Vries angeboten. Ich sagte Mario, er solle auf beide Boote eine Option für zehn Tage aushandeln. Er schien nicht sehr erpicht darauf zu sein. Er lehnte zwar nicht direkt ab, kam dem aber doch sehr nahe, und als ich ihn nach dem Grund fragte, wechselte er das Thema. Für mich seien ungefähr ein Dutzend Briefe gekommen. Alles sei in Ordnung. Es klang, als wollte er mir sagen, ich könne ruhig alles ihm überlassen und sollte mir nicht den Kopf zerbrechen. Mafalda ginge es gut und ihm ebenfalls. Als ich auflegte, fühlte ich mich beunruhigt, obwohl es keinen Grund dafür gab, außer der Ausbildung, die ich 1940 genossen hatte, und meiner dreißigjährigen Erfahrung darin, störende Brocken von meinem Weg zu räumen.

Als ich den diensthabenden Offizier nach Superintendent Haynes fragte, fiel mir ein, daß er im Urlaub war. Ich legte auf, bevor man mir die Neuigkeit mitteilte, und nahm ein Taxi zum *News of the World*-Gebäude. Nach kurzem Geplauder und einigen Lügen führte man mich ins Archiv. Ich blätterte 260 Ausgaben durch und machte mir eine lange Liste und ein paar Notizen.

Wieder im Hilton, holte ich Tammy ab und ließ das Mietauto aus der Garage holen. Dann fuhr ich mit ihr sechs Stunden lang kreuz und quer durch London und die Vorstädte, bis ich sicher war, was ich suchte.

Im Hotel bestellte ich uns ein Essen aufs Zimmer, und wir verbrachten die Wartezeit in der Badewanne. Nach dem Essen gingen wir in Tammys Zimmer hinüber, wo ich auf dem Fußboden über eine Stunde mit den Fotos aus dem großen Umschlag Puzzle spielte und dabei auf meiner *News of the World*-Liste zwölf der zwanzig Punkte ausstrich. Um zehn klingelte das Telefon. Es war ein Gespräch mit Voranmeldung aus Nizza, und das französische Fräulein vom Amt vergewisserte sich zweimal, daß ich Monsieur Farne war, indem sie meinen Namen sorgfältig im internationalen Code buchstabierte – Foxtrott-Alfa-Romeo-November-Echo. Danach gab es das übliche Rauschen und Pfeifen, und dann hörte ich Marios Stimme. Er klang dringlich und besorgt.

»Bist du's, Max?«

»Ich bin's, Mario. Was ist los?«

»Komm nicht zurück, Max.«

»Warum das denn?«

»Es würde Probleme geben.«

»Was meinst du damit – die Polizei?«

»Schau, Max, ich kann es dir nicht sagen. Ich bin aus Italien weg, nur um mit dir zu sprechen. Komm nicht zurück, Max. Ich werde dich solange vertreten und dir das Geld überweisen.«

»Sag mir, was los ist, Mario.«

Ich hörte einen Seufzer. »Max, es gibt Leute – einflußreiche Leute –, die dich auf dem Korn haben.«

»Meinst du die Polizei?«

»Man würde sie vielleicht benutzen – aber, nein, es ist nicht die Polizei.«

»Was sind das für Leute, Mario?«

»Mehr kann ich nicht sagen. Es wäre gefährlich. Sagen wir, Leute aus der Politik.«

»Mario, das ist absurd. Politik interessiert mich nicht – nicht einmal die englische.«

»Max, ich kann wirklich nicht mehr sagen. Aber du darfst nicht zurückkommen, es wäre zu gefährlich für dich. Und mehr zu sagen, wäre gefährlich für mich. Bitte, tu, was ich sage, Max.« Damit hängte er ein.

Es fiel mir schwer, mir einen verängstigten Mario vorzustellen. Ich setzte mich in einen Sessel, und Tammy kam aus ihrem Zimmer herüber.

»Wer war es?«

»Jemand, der ein Hatteras haben möchte, von der Riviera.«

»Was bedeuten all diese Fotos, Max?«

Ich betrachtete sie, während sie sich in den Sessel mir gegenüber setzte. Es war nicht fair, sie in die Sache hineinzuziehen, woraus immer diese bestehen mochte. Ich hatte gedacht, ich wäre auf dem richtigen Weg, aber Marios Anruf hatte meine vage Theorie zunichte gemacht. Ich stand auf und goß uns einen Drink ein. Als ich Tammy ihr Glas gab, sagte ich: »Ist dir klar, Klein Tammy, daß ich nichts von dir weiß, als daß du schön bist?«

Sie lächelte ansatzweise und sah mich mit schiefgelegtem Kopf an, während sie an ihrem Drink nippte. »Was willst du wissen, Max?«

»Erzähl mir von deinen Eltern.«

»Mein Vater starb, als ich vier war. Genickbruch bei der Jagd. Mein zweiter Vater ist Börsenmakler. Meine Mutter ist zwar ein Biest, aber sie liebt das Leben, das er ihr ermöglicht, so daß sie ihn nie verlassen würde. Er haßt meine Art; er hält mich für den Apfel, der nicht weit vom Stamm gefallen ist, von beiden Stämmen. Für ihn war mein Vater ein Schwächling und ein Nichtsnutz.« Sie suchte in meinem Gesicht nach einer Reaktion.

»Wie war er wirklich?«

»Ein Charmeur, sagen alle, – gut aussehend, liebenswürdig. Aber er *war* ein Nichtsnutz. Mutter saß nach seinem Tod schön in der Patsche, ohne Geld und mit zwei kleinen Töchtern. Heute hat sie ihren Frieden gefunden. Wir sehen uns nicht mehr.«

»Und du? Was ist mit dir?«

Sie zuckte die Achseln. »Ich? Ich bin ein Aussteiger, unordentlich, wertlos, ein Schmarotzer.«

»Echte Freunde?«

Sie schüttelte den Kopf. »Eine Menge Liebhaber, aber keine Freunde.«

»Warum?«

Sie kräuselte die Lippen und sah mich aus einem Auge an; das andere war geschlossen. »Sie mögen meine hübsche Larve und meine Möpse. Alles andere ist ihnen egal, und wenn sie sich an sie gewöhnt haben, ist es aus.« Sie lachte auf, mit kalten Augen. »Du wärst überrascht, Max, wie schnell sie das leid sind, worum sie vorher gebettelt haben. Es dauert meist keine Woche und nie länger als ein paar Monate.«

»Und du?«

»Es macht mir nichts mehr aus, Max. Ich jauchze nicht, wenn sie mich wollen, und gräme mich nicht mehr, wenn es vorbei ist.«

»Nicht mehr?«

Sie strich sich durch ihre dicken Haare und streifte sie hinter die Ohren und über die Schultern. Dann legte sie den Kopf zurück, als könnte sie ihre Gedanken von der Decke ablesen. Allein schon ihr Hals bot einen schönen Anblick.

»Am Anfang war ich dumm. Ich nahm ihre Geilheit für Liebe. Dachte, sie hätten etwas für mich übrig.« Ihr Blick ließ von der Decke ab, und sie lächelte mich an. »Mädchenträume eben. Nicht der Rede wert.«

»Darf ich dir noch ein paar Fragen über Dixon stellen?«

»Sicher.«

»Wie war seine Beziehung zu Mavis Trevor?«

»Sehr merkwürdig. Sie war oft bei ihm. Verhielt sich wie ein Geschäftspartner. Sie hatte natürlich Geld in der Firma, aber es machte manchmal den Eindruck, als würde sie ihm sagen, was er zu tun habe. Daß sie ihm Befehle gab. Ich habe ein paarmal mit angehört, wie sie ihm zum Abschied sagte, er solle nicht vergessen, was vereinbart worden sei. Er fuhr ungefähr einmal im Monat zu ihr hinaus, kam aber jedesmal am Abend wieder zurück. Und sie telefonierte viel mit Daphne.«

»Hast du ihn jemals nach Penshurst begleitet?«

»Gott, nein. Bis du mich hingebracht hast, wußte ich gar nicht, wo das ist. Ich kannte nur den Namen, mehr nicht.«

»Fuhr Daphne dorthin?«

»Ja. Sie hat ihn meistens begleitet. Um Notizen zu machen und so.«

»Notizen worüber?«

»Ich weiß nicht. Ich dachte, es wären irgendwelche Geschäftstreffen.«

»Und wie stand er zu der reichen Hexe?«

Sie lachte auf. »Oh, das war etwas anderes. Sie wollte ihn heiraten. Nichts Geschäftliches, wenn man davon absieht, daß sein Startkapital zum großen Teil von ihr kam, er sie also bei Laune halten mußte.«

»Und die Jugendliebe?«

»Hab ich nie gesehen. Aber er redete von ihr, als wäre sie etwas Besonderes. Ich glaube nicht, daß sie das wirklich war; er brauchte sie einfach im Hintergrund, um uns andere bei der Stange zu halten.«

Ich beschloß, ihr nichts von Marios Warnung zu sagen. Was sie mir erzählt hatte, brachte mich auch nicht weiter. Die ganze Geschichte war wie ein großes weißes Puzzle ohne Bild und Randstücke.

Verschlafen griff ich nach meiner Uhr auf dem Nachttisch. Es war kurz vor zehn. Tammy schlief schon fest, das Kopfkissen im Arm. Ich schob mich aus dem Bett und bestellte über das Telefon in Tammys Zimmer unser Frühstück.

Die Fotos und Listen lagen noch auf dem Fußboden; die Ecken begannen sich in der trockenen Luft der Zentralheizung nach oben zu biegen. Ich nahm dem Kellner das Doppeltablett ab, stellte es neben das Bett und rüttelte sanft an Tammys Schulter, bis sie sich rührte und zu mir herumrollte. Sie lächelte, als sie das Glas Orangensaft in meiner Hand sah, und während sie es langsam leerte, kehrte sie völlig in die Welt zurück. Sie war ein großartiges Frühstücksmädchen und verzehrte munter die Corn-flakes und Spiegeleier mit Speck. Als sie fertig war, lehnte sie sich zurück und fuhr sich, mit einem einladenden Lächeln für mich, nicht eben damenhaft mit der Zunge über die Lippen. Ich wäre gerne derjenige gewesen, der sich um sie kümmerte, ohne sie zu besitzen, aber das war nicht mehr die Frage, es war zu spät. Ich mußte mich damit abfinden, daß ich mich nur um sie kümmern konnte, indem ich sie besaß. Die rosa Nippel auf den Wunderwerken ihrer Brüste waren steif geworden, und sie lächelte, als sie meinen Blick bemerkte. Sie streckte die Arme aus, und ich legte meine Hände über die weichen Hügel. Wie alle anderen hatte ich nichts im Kopf, als schnellstens in sie einzudringen.

Es war Mittag geworden, als ich mich, frisch geduscht, anzog, während Tammy mit untergeschlagenen Beinen im Sessel saß und aus einer der Morgenzeitungen mein Horoskop vorlas: ». . . heute ist für Skorpione der Tag, ihre Beziehungen zu zementieren. Geldangelegenheiten werden durch den Eintritt der Venus jedoch gestört. Vermeiden

Sie es, heute irgendwelche finanziellen Entscheidungen zu treffen.« Sie lachte auf und sah zu mir herüber. »Wir sollten wohl lieber ins Bett zurückgehen und ein bißchen zementieren, Max.« Sie wirkte selbstsicherer. Vielleicht tat ich ihr ja gut.

»Die Temperatur in London wird wenig über 20 Grad liegen ... Heute findet das erste Cricket-Vergleichsspiel statt ... Eine Frau sagte in einem Scheidungsprozeß, ihr Mann wolle ständig mit ihr zusammen sein ... Der Richter hielt das für unnormal und sprach die vorläufige Scheidung aus ... Vier Ex-Ehefrauen fechten den letzten Willen eines Millionärs an ... Er hat sein gesamtes Vermögen einer Stripperin und dem Marylebone Cricket Club vermacht ... Eine Frau wurde in einem Büro in West End erschossen. Die Polizei ... Mein Gott, Max, mein Gott, sieh dir das an.«

Ihr Gesicht war kreidebleich geworden, und ihre Hände zitterten, als sie die Zeitung hochhielt. Es war nur eine kurze Meldung.

> SEKRETÄRIN ERSCHOSSEN
> Die Polizei untersucht den Tod von Miss Daphne Lakeman-Hart. Eine Putzfrau entdeckte die Leiche um 8 Uhr morgens in dem Büro in West End, in dem sie arbeitete, und rief die Polizei. Soweit bekannt, wurde Miss Lakeman-Hart von mehreren Pistolenschüssen getötet.
> Inspektor Sainsbury, der die Ermittlungen leitet, sagte, daß die Polizei von einem Mordfall ausgeht. Die Putzfrau, Mrs. Joan Fox, steht unter Schock und wird im St. Thomas Hospital behandelt.

Ich rief die Rezeption an und ließ die Mittagsausgaben der *Evening Nes* und des *Standard* heraufbringen. Sie brachten ein Foto der Toten und ein weiteres Statement von Scotland Yard, in dem bestätigt wurde, daß fünfmal auf sie geschossen worden war; ansonsten hieß es nur, die Ermittlungen würden fortgesetzt.

In den Ein-Uhr-Nachrichten der BBC wurde der Mord nicht erwähnt, und den Abendausgaben der Zeitungen war er nur noch einen winzigen Absatz wert.

Als ich von den fünf Schüssen las, war mir klar, daß ich es hätte wissen müssen. Daß sie ermordet werden würde oder aber verschwinden. Jetzt machte ich mir Sorgen um Tammy. Ich wählte die Penshurster Nummer, und als ich Mavis Trevors Stimme hörte, legte ich auf.

»Tammy, ich werde ungefähr vier Stunden weg sein. Ich möchte, daß du hierbleibst und niemandem aufmachst. Wenn das Telefon klingelt, nimm ab, sag aber nichts. Und wenn sich niemand meldet, leg auf. Wenn ich zurückkomme, rufe ich von der Lobby aus an, damit du weißt, daß ich es bin.«

Man hatte das Auto aus der Tiefgarage geholt; es wartete vor dem Blumenladen hinter dem Hotel auf mich. Ich scheuchte es bis Penshurst und fuhr dann langsam die Zufahrt hinauf, parkte nicht weit von dem großen Haus und ging in Richtung des Stalleingangs. In der Ligusterhecke zwischen den Nebengebäuden und dem Wohnhaus war ein kleines Tor, von dem aus ein schmaler betonierter Weg an der Seite des Hauses entlangführte. Auf dem Rasen standen Liegestühle, und die Glastüren waren offen. Obwohl es draußen noch hell war, drang Licht aus dem großen Wohnraum. Ich ging an der Küchentür vorbei und blickte hinein. Mavis Trevor telefonierte. Als ich eintrat, legte sie gerade auf und beugte sich über einen Zettel neben dem Telefon. Ich hüstelte und sagte: »Guten Abend, Miss Trevor.«

Sie fuhr ruckartig herum, halb verängstigt, halb verärgert. Ihr Gesicht war rot angelaufen, und die dicken grauen Haare standen wirr vom Kopf ab. Ihr Mund ließ ihre nicht sehr ebenmäßigen Zähne sehen, und die Kinnpartie drückte Aggressivität aus.

»Was zum Teufel tun Sie hier? Raus! Raus, sage ich, oder ich rufe die Polizei.«

Ich hob die Hand, um sie zu beruhigen, während ihr Blick auf der Suche nach einer Waffe durch das Zimmer hastete.

»Ich habe nichts dagegen, wenn Sie die Polizei holen, Mavis. Machen Sie nur.«

Sie griff zögernd zum Telefon, änderte dann aber ihre Meinung und versuchte statt dessen ihre Bruder-Tuck-Frisur zurechtzudrücken. Ohne viel Erfolg; aber es war doch eine merkwürdig weibliche Geste, die anzeigte, daß sie an alten Reflexen arbeitete. Dann holte sie tief Atem. »Was wollen Sie, Mr. Farne?«

»Ich möchte Ihre Hilfe, Mavis.«

Das gab ihr ihre Aggressivität zurück; sie stemmte die Hände in die Hüften. Das archetypische Mannweib. »Ich kann Ihnen in keiner Weise helfen, Mr. Farne, also . . .«

»Sie sollten sich lieber hinsetzen, Mavis. Es wird einige Zeit dauern.«

Sie machte zwar eine Geste des Protests, ließ sich aber auf einen Stuhl sinken. Ich setzte mich ebenfalls und sah zu ihr hinüber, während ich meine Gedanken ordnete.

»Warum haben Sie sie umgebracht?«

Sie schlug erschreckt die Hand vor den Mund. Diese Frage hatte sie nicht erwartet. Sie war fassungslos, und ich ließ ihr Zeit, sich wieder zu fangen. Aber es wurde nur schlimmer; sie begann zu zittern und schließlich heftig zu zucken. Es war, als hätte sie einen Anfall von Schüttelfrost. Sie versuchte zwar zu sprechen, konnte aber kein Wort herausbringen, so stark schlotterte ihr Unterkiefer. Ihre Arme waren ausgestreckt, um ihren sich windenden Körper in Balance zu halten. Es dauerte fast fünf Minuten, und die ganze Zeit über hatte sie ihre blutunterlaufenen Augen auf mich gerichtet. Dann war es mit einem Schlag vorbei, und ihr Kopf fiel nach hinten, während sie alle viere von sich streckte. Ihre dicken Wollstrümpfe waren verdreht und hingen an ihren robusten Schenkeln herab. Tränen liefen über ihr Gesicht, aber sie gab keinen Laut von sich. Doch ich konnte es mir nicht leisten, Mitleid zu haben. Es gab noch zuviel, was ich nicht wußte. Es war offenbar, daß Daphne allein dadurch, daß sie mit mir redete, Mißtrauen erregt hatte, und als es übers Reden hinausging, hatte man entschieden, daß sie zu einer Gefahr geworden war. Das war nicht schwer zu erraten gewesen. Aber die fünf Schüsse paßten nichts ins Bild. Professionelle Killer, die auch nur zwei Schüsse brauchen, um jemanden umzulegen, sind nicht mehr lange im Geschäft. Fünf kennzeichnen ein Verbrechen aus Leidenschaft, und Mavis Trevor hatte uns zusammen auf der Ledercouch im Büro erwischt. Das war der Stand. Aber ich wollte wissen, wer »man« war. Ich hatte zwar einige Hinweise, aber sie deuteten nur allgemein die Richtung an. Was ich wollte, waren Namen. Ein einziger würde schon reichen.

Als ich Mavis Trevor berührte, öffnete sie die feuchten Augen, und ihr Mund sackte herab.

»Miss Trevor, ich werde Ihnen einen Arzt rufen.«

Sie versuchte den Kopf zu schütteln und erwiderte krächzend: »Nein, nein. Nicht nötig.«

»Wissen Sie, wo Pat Dixon ist?«

Ihr Kopf bewegte sich zur Seite. »Nein . . . weiß ich nicht . . . Ich schwöre es«, beteuerte sie mit feuchten Lippen, und ich glaubte ihr.

»Ist er tot?«

Ihre hervorstehenden Augen glitten unstet hin und her, und ihre linke Hand begann wieder zu zittern. Es war keine Zeit zu verlieren.

»Pat Dixon gehörte zur Bande, nicht wahr?«

Sie nickte langsam und stieß mit belegter Stimme hervor: »Er hatte ... nur das Lager ... und den ... Versand.«

Ihr Kopf kippte nach vorn. Ich hob ihn sanft an und hielt ihn fest. »Wer sind die andern?«

Sie atmete schwer und stöhnte bei jedem Atemzug auf. »Ich habe Angst ...« Dann gab sie einen leisen Schrei von sich, weil sie ihren Kopf nicht frei bekam.

»Wer ist D. T., Mavis?«

Sie sah mich nur Mitleid heischend an.

»Ist er der Boss?«

Sie nickte kaum merklich und schloß die Augen; selbst diese kleine Geste schien ihr Furcht einzujagen.

»Geben Sie mir einen Namen, Mavis ... Nur einen Namen. Danach werde ich keine Fragen mehr stellen. Ich werde Ihnen Hilfe holen, und Sie werden bald wieder auf dem Damm sein.«

Ich hatte meine Hand immer noch unter ihrem Kinn und konnte die Galle in ihrem Mund riechen. Jetzt legte ich beide Hände hinter ihren Kopf; er war so schwer, daß ich meine Finger weit spreizen mußte, um das Gewicht aufzufangen.

»Der Name, Mavis ... Nur einer von ihnen.«

Ihr Kopf zitterte vor Anstrengung, aber die Worte waren verständlich. »Price ... Arthur Price.« Dann floß ihr heißer Auswurf über meinen Arm.

Ich wusch mir den Arm, rief den nächsten Arzt an und verließ das Haus. Draußen wartete ich unter Tammys großem Baum, bis ich sah, wie ein alter Mini auf das Gehöft fuhr und anhielt, der Arzt ausstieg, in das Auto langte, um seine Tasche herauszunehmen, die Tür zuschlug und auf das Haus zueilte. Aus der offenen Haustür fiel ein breiter Lichtstreifen.

Die Fahrt zurück nach London wurde mir ziemlich lang, und es schien mir unglaublich, daß es bereits nach Mitternacht war. Ich fühlte mich ausgepumpt, aber ich wußte nun, daß ich auf dem Weg war, herauszufinden, was mit Dixon geschehen war. Arthur Price war mir auf den Zeitungsseiten im Archiv der *News of the World* einige Male begegnet. Er hatte 1950 beinahe die Tourist Trophy gewonnen;

nur beinahe, weil er einen Straßenbuckel etwas zu schnell genommen hatte und von seiner Maschine geschleudert worden war. Er war drei Wochen bewußtlos gewesen, und nach seiner Wiederherstellung hatte man ihm eröffnet, daß seine Reflexe für die Isle of Man nicht mehr ausreichen würden. Er hatte eine kleine Tankstelle mit Werkstatt in Wandsworth eröffnet. Die erste Anklage gegen ihn lautete auf Autodiebstahl, die zweite erfolgte wegen »unerlaubter Inbesitznahme eines motorisierten Fahrzeugs oder anderen Transportmittels«; eine Anklage wegen »Planung eines Raubüberfalls« war fallengelassen worden. Arthur Price war freier »Transportberater« der meisten Ad-hoc-Banden, die sich zu größeren Raubüberfällen zusammenfanden, und er hatte nach den ersten beiden Anklagen einiges dazugelernt; ihm wurden inzwischen Rat und Schutz eines gerissenen Strafverteidigers zuteil. Arthur Price auf der Gehaltsliste zu haben, bedeutete, daß An- und Abfahrt bis auf die Sekunde geplant waren, und es war etwas wert, wenn man den ins Auge gefaßten Spezialisten sagen konnte, daß Arthur schon dabei sei.

Ich rief Tammy von der Lobby aus an, und sie hob sofort ab. Der Blumenladen war schon lange zu; alles war zu, doch mit ein bißchen Kleingeld brachte ich den Nachtportier dazu, mit mir zusammen die Blumen von den Tischen im Restaurant zu pflücken. Wir brachten einen ansehnlichen Strauß zusammen.

Oben angekommen, klopfte ich an Tammys Tür, und als sie öffnete, streckte ich ihr meinen Beitrag zum Erntedankfest entgegen. Sie riß vor Überraschung Mund und Augen auf. Ich glaube nicht, daß sie vorher schon einmal Blumen geschenkt bekommen hatte. Während sie sie in mehrere Vasen verteilte, machte ich es mir mit einem Whisky bequem und erzählte ihr meine Geschichte zur Nacht.

»Ich verstehe nicht, weshalb dich die fünf Schüsse auf Mavis Trevor gebracht haben.«

»Ich nehme an, es waren diese Fotos. Zwei Schüsse reichen normalerweise völlig aus, um jemanden ins Jenseits zu befördern. Wer fünf abgibt, muß eine Menge Haß in sich haben ... oder eine Menge Liebe.«

6

Auf der Putney Bridge war der übliche Stau. Der Fluß sah wie dicke braune Schokolade aus, garniert mit Flaschen, Büchsen, Treibholz und toten Katzen. Kaum vorstellbar, daß vor hundert Jahren die Lehrlinge gestreikt hatten, weil sie zu oft frischen Lachs aus der Themse zu essen bekamen. Die Fahrzeugschlange schlich fünfzig Meter weiter, dann saß sie wieder für zehn Minuten fest, während ein Verkehrspolizist verzweifelt versuchte, Herr der Lage zu werden. Als ich ihr entkommen war, fuhr ich die Upper Richmond Road entlang und wandte mich dann nach links. Anderthalb Kilometer weiter bog ich in das Gewirr kleiner Straßen am Ende von Wandsworth ein.

Die TT-Tankstelle verfügte nur über eine einzige Zapfsäule. Dahinter war eine lange Backsteinfassade ohne Fenster, aber mit einem Tor von Straßenbreite zu sehen. Es war verschlossen. Etwas weiter fand ich zwei hohe Schwingtüren, die in einen Hof führten, der mit diesen grellblauen viktorianischen Ziegeln bepflastert war. Er sah ordentlich und sauber aus. In eine große Schiebetür war eine kleinere eingelassen, und die stand offen. Die Werkstatt wurde von nackten Glühbirnen beleuchtet. An den Wänden hingen reihenweise Werkzeuge, und in einer abgetrennten Lackierbucht am andern Ende der Halle war ein Mann dabei, ein Auto zu lackieren. Es standen bestimmt noch zwanzig weitere Autos in der Halle.

Links entdeckte ich ein kleines verglastes Büro. Ich klopfte an und ging hinein. Ein rundliches junges Mädchen saß an einer altertümlichen Schreibmaschine, und ein Mann mit einem Bleistift hinterm Ohr war mit einigen Papieren beschäftigt. Er war breit, untersetzt und gebaut wie ein solides Faß. Das Hemd war augenscheinlich nicht für seine Maße geschaffen und stand von oben bis zu zehn Zentimeter offen, und seine Hose war oben weit aufgeknöpft, um ihm Luft zum Atmen zu lassen. Das Mädchen sah zuerst zu mir und dann zu Fettsack, der mich zu ignorieren beliebte und weiter an den Problemen der Welt knobelte. Er wirkte wie ein Exsoldat, Modell Zweiter Weltkrieg. Die verbliebenen dunkelbraunen Haare waren streng an den bulligen Kopf geklebt. Der letzte der Pomadejünger. Das Hemd war aus Khaki, aber von keiner Armee, die ich kannte. Ein schmutziggelbes Khaki. Schließlich bequemte er sich doch, zu mir aufzusehen und mich aus seinen streitsüchtigen kleinen

Schweinsaugen von oben bis unten zu mustern. Als er fertig war, reckte er mir fragend den Kopf entgegen. Es mochte immer noch einige alte Damen geben, die auf so etwas reagierten. Ich gehörte nicht zu ihnen und verlegte mich nun meinerseits auf Musterung, bis Fettsack endlich einen dicken Arm auf die Tischplatte legte, abwägend an der Unterlippe knabberte und dann herausfordernd quäkte: »Ja?«

»Ist Arthur Price da?«

Er steckte einen seiner Wurstfinger ins Ohr und wühlte darin herum. Dann zog er ihn wieder heraus, inspizierte den Fingernagel und wischte ihn an seiner Hose ab.

»Was wolln' Se denn von Arthur?«

»Kümmern Sie sich um Ihre Angelegenheiten, Kumpel. Sagen Sie mir einfach, wo er ist.«

Das Mädchen hielt den Kopf gesenkt und hackte langsam auf die Tasten einer Rechenmaschine. Fettsack richtete mit der Oberlippe sein Gebiß und wandte sich wieder seinen Papieren zu. »Er is' weg«, sagte er, ohne mich eines weiteren Blickes zu würdigen.

In der Werkstatt beugte sich ein Mann über einen XJ6. Ich ging zu ihm hinüber, Fettsack immer hinter mir, wie ich hören konnte, und bevor der Mann meine Frage nach Arthur Price beantworten konnte, spürte ich Fettsacks Hand auf der Schulter.

»Ich hab's doch gesagt, Mann. Er is' weg. Jetz' mach 'ne Fliege, das is' unbefugtes Betreten.« Es geschah wohl nicht oft, daß er das Gesetz bemühte, und es schien ihm Spaß zu bereiten, jedenfalls grinste er über beide Backen.

»Das Schild draußen besagt, daß hier Autos repariert werden. Es ist geöffnet. Das Schild ist eine Einladung, hereinzukommen. Von unbefugtem Betreten kann also gar nicht die Rede sein. Du dagegen ... Dicker, du scheinst gerade dabei zu sein, eine Friedensverletzung zu verursachen.«

Die Schweinsäuglein wurden noch kleiner, als sie so schon waren, und sein rechter Arm fiel wie ein stürzender Baum in meine Richtung. Ich duckte mich und half ihm ein bißchen weiter, indem ich ihn mit dem Fuß aus dem Gleichgewicht hebelte. Sein linkes Bein stellte einen wunderbaren Angelpunkt dar. Das Ganze hätte eine gute Illustration in einem Buch über Dynamik abgegeben, als Beispiel für die Wirkung von Masse mal Beschleunigung um einen festen Punkt. Es war wie beim Zusammenbruch eines Baugerüsts, als seine Beine sich kreuzten und verhakten und er um Balance kämpfte. Sein Arm ruderte auf der Suche nach einem Halt wild durch die Luft, fand aber keinen, so daß er mit Getöse zu Boden ging, in seiner Bahn nur vom Stoßdämpfer des Jaguars etwas abgelenkt. Er versuchte strampelnd wieder auf die Füße zu kommen, aber ich stellte mich auf sein Handgelenk, und er ließ sich wieder zurückfallen, vermutlich damit beschäftigt, herauszufinden, was eigentlich passiert war. Ich betrachtete ihn einen Augenblick. Er gehörte zu der Art, die noch einen halbherzigen Anlauf unternehmen würde, um es dann, von weiteren Blessuren abgeschreckt, endgültig aufzugeben. Aber Fettsack hatte offenbar schon genug, und als ich mich wieder dem Mechaniker zuwandte, kam kein Laut von ihm.

»Ist Arthur Price hier?«

»Er ist im Ivy, drüben auf der anderen Straßenseite.«

Der Pub war fast leer, und der Kneipier zeigte auf einen Tisch am andern Ende des Raums, als ich ihn nach Price fragte. Price sah mir mit hochgezogenen Augenbrauen, aber nicht unfreundlich entgegen und bedeutete mir mit der Gabel, mich zu ihm zu setzen. Er war fast so etwas wie ein Spiegelbild von mir: gut über eins achtzig groß, gebräunte Lederhaut, breite Schultern, große Arbeiterhände. Er aß ungerührt weiter – Lammkotelett und Erbsen –, nicht ungehobelt, nur wie jemand, der noch anderes zu tun hatte.

»Mr. Price?«

»Sitzt vor Ihnen. Was kann ich für Sie tun?«

»Darf ich Ihnen einen Drink bestellen?«

Er warf mir einen kurzen Blick zu und schüttelte den Kopf. »Trinke nicht, Kumpel. Worum geht's, eine neue Lackierung?«

Ich lehnte mich zurück, um sein Gesicht beobachten zu können. »Nein, um Pat Dixon.«

Er sah nicht auf und schaufelte mit dem Messer weiter Soße auf die Kartoffeln. »Aha. Und wer is' das?«

»Er war im Textilgeschäft, Mr. Price, und er hat sich um gestohlenes Geld und andere Dinge gekümmert, bis sie nicht mehr gesucht wurden. Dann schaffte er sie ins Ausland. Jetzt ist er tot.«

Er zuckte hoch, seine klaren blauen Augen gespannt auf mich gerichtet. »Wer sagt, daß er tot ist?«

»Sie kannten ihn also?«

Er winkte mit einer Bewegung des Messers ab. Mir fiel auf, wie muskulös seine Arme waren. Der Mund wirkte hart, und sein Blick war drohend geworden. Als er seine Frage wiederholte, sprach er sehr langsam, jedes Wort betonend: »Wer sagt, daß er tot ist?«

Er sah aus dem Fenster neben uns und kaute sorgfältig an dem Bissen, den er im Mund hatte, ehe er ihn hinunterschluckte. Schließlich blickte er wieder zu mir, stand auf und sagte ruhig: »Wir sollten besser in mein Büro hinübergehen.«

Er nickte dem Barmann zu, und wir gingen in die Sonne hinaus und über die Straße zur Werkstatt. Kaum eingetreten, blieb er plötzlich stehen und rief einem Mann zu: »Joe, dreh den Besen da anders rum. So geht er kaputt.«

Der Mann ging auf die andere Seite der Halle und drehte den Besen so, daß die Borsten oben waren. Price beobachtete, wie sein Befehl ausgeführt wurde; erst danach setzte er seinen Weg fort. »Spare, dann haste, sage ich immer.« Ich war verblüfft; in wenigen Sekunden stand ein Gespräch über einen Mord an, und Price war gelassen genug, sich um einen Besen zu sorgen.

Im Büro angekommen, sagte er dem Mädchen, sie könnte jetzt Mittag machen. Von Fettsack war nichts zu sehen. Price hob den Hörer von einem klapprigen alten Haustelefon und drückte einen Knopf: »Joe, hast du Mike gesehn?«

Er hörte aufmerksam zu und sah dann langsam zu mir herüber. Ich hatte den Eindruck, daß Mike und Fettsack ein und dieselbe Person waren; Price bekam offenbar gerade die Geschichte unseres Zusammentreffens zu hören. Er nickte von Zeit zu Zeit und sagte schließlich: »Okay.« Dann legte er vorsichtig auf.

»Mir scheint, Sie haben meinen Vorarbeiter bereits kennengelernt.«

»Diesen Dicken?«

Er nickte und lehnte sich, indem er auf einen Stuhl zeigte, zurück. »Setzen Sie sich.«

Während ich mich setzte, griff er nach einem langen Klappmesser und konzentrierte sich darauf, eine tiefe Kerbe in die Kante der Schreibtischplatte zu schnitzen. Wir haben alle unsere kleinen Mittel, die uns dabei helfen, unsere Gedanken zu ordnen, und das war offenbar seines. Nach einer Weile legte er das Messer beiseite und sah mich mit zusammengekniffenen Augen an. »Erzählen Sie mir von Dixon. Wie kommen Sie darauf, daß er tot ist?«

Ich erzählte ihm von dem Brief und dem Boot und einiges andere. Ohne ein Wort zu sagen, bestätigte er doch alles, was ich bisher nur vermutet hatte; er war seiner selbst so sicher, daß er es nicht für nötig hielt, etwas zu bekräftigen oder abzuleugnen, was der Diskussion nicht wert war. Nach einigem Nachdenken hob er den Hörer eines verstaubten Telefons ab und wählte.

»Ist Harry da? Hier ist Arthur Price, Missis.«

Er setzte das Messer wieder in Tätigkeit, legte es aber bald wieder weg und beugte sich vor.

»Harry, wo ist Dixon?«

Er hörte genau zu und nickte einige Male.

»Danke, Harry. Den Capri habe ich übrigens verkauft.«

Er sah wieder zu mir herüber. »Wie heißen Sie, Kumpel?«

»Farne. Max Farne.«

»Und Sie sind kein Bulle?«

»Nein.«

»Dacht ich mir. Dixon hat sich aus dem Staub gemacht. Wir wissen nur, daß er einen Flug nach Mailand gebucht hat. Um die Zeit herum, als er Ihnen diesen Brief schrieb. Das ist alles. Aber was ist mit Ihnen?«

»Was soll mit mir sein?«

Er legte eine Hand ans Kinn. Um zu einer Entscheidung zu kommen. »Ich würde sagen, Sie wissen ein bißchen zuviel, Kumpel.«

»Worüber?«

Er sah von seiner Tischschnitzerei auf und lächelte. »Sie sind ein dreister Hund. Kommen einfach ins Ivy und fragen nach Dixon. Frechheit siegt, was? Wo wohnen Sie?«

»Zur Zeit im Hilton; normalerweise aber auf einem Boot, ohne feste Adresse.«

Ihm gefiel die fehlende Adresse, besonders in der Kopplung mit dem Hilton.

»Warum suchen Sie Dixon?«

»Ich will die Bootsgeschichte in Ordnung bringen.«

Er nickte beifällig. »Sie haben sich sonst mit niemandem in Verbindung gesetzt, oder?«

»Nein. Nur mit Ihnen.«

Danach streckte er mir seine Hand über den Tisch entgegen. Ich schüttelte sie und dankte ihm für seine Hilfe.

Ich mochte Arthur Price; und ich konnte mir gut vorstellen, daß seine Aufmerksamkeit fürs Detail und seine Selbstsicherheit die Moral einer Bande von Gaunern stärken mußte. Etwas von dem, was er gesagt hatte, hatte es bei mir klingeln lassen, ohne daß ich wußte, was es war. Aber das würde sich schon noch finden.

Vom Hotel aus rief ich bei Mavis Trevor an, aber es meldete sich niemand. Also wählte ich die Nummer des Arztes, den ich für sie gerufen hatte. Miss Trevor war in der Intensivstation des Pembury-Krankenhauses. Ich rief dort an. Sie stand unter strenger Kontrolle; Besuche waren nicht erlaubt. Man hatte eine schwere Herzthrombose festgestellt; ihr Zustand war ernst.

Danach schlug ich Tammy vor, noch ein paar Kleider für sie einkaufen zu gehen.

»Toll. Aber wieso?«

»Wir fahren nach Italien zurück.«

»Du willst die Sache mit Pat Dixon aufgeben?«

»Nur eine Weile auf Eis legen, Kleines, mehr nicht. Wie bist du übrigens nach Italien gekommen?«

»Pat hatte mir ein Ticket nach Mailand und ein bißchen Bares gegeben.«

»Ein Flugzeugticket?«

»Ja. Mit Rückflug.«

»Hast du das Rückflugticket noch?«

Sie wühlte in ihrer alten Leinentasche und förderte ein zerknittertes Flugscheinheft zutage. Es war im Kensington and Hampstead Travel Bureau gekauft worden. Ich fand es in einer Nebenstraße der Kensington High Street. Nachdem ich unsere Plätze für den Flug nach Mailand gebucht hatte, fragte ich wegen Tammys Buchung. Sie führte uns zu Pat Dixon, und auch seine Buchung war bald gefunden. Ja, der Platz beim Hinflug sei benutzt worden, und was noch besser war, sie hatten auch sein Zimmer bestellt; im Napoleone, einem kleinen Hotel am Ende der Via Marconi.

Tammy und ich verbrachten eine Stunde bei Jaeger's. Danach saßen wir mindestens genauso lange im Café Royal. Sie trug eines der neuen Kleider, aus weißer Seide mit plissiertem Rock. Der Kellner machte viel Wesens um sie; sie war schön, sie war jung und wirkte gelöst und heiter.

Wir nahmen den Zug über Zürich nach Mailand. Ich war sicher, daß man sich in Mailand mit mir in Verbindung setzen würde, und ich wollte, daß es auf meinem eigenen Boden und zur richtigen Zeit geschah.

Als wir den Sankt Gotthard passierten, dämmerte der Morgen, und ich weckte Tammy, damit sie die Obstbäume und die Berge sah, die, noch vom Morgennebel erfaßt, im weichen Licht des Frühsommers an uns vorüberglitten. Die Leute auf den kleinen Bahnhöfen traten zurück, wenn unser Zug vorbeirauschte, und winkten, sobald sie sahen, daß unser Fenster nicht zugezogen war.

Es war kurz nach sechs, als wir in Mailand eintrafen, und ich gab unser Gepäck in der Aufbewahrung ab. Ganz Italien war auf dem Bahnhof vertreten; von den Nadelstreifenanzügen, Pelzen und Tweedstoffen aus unserem Zug bis zu den schlechtsitzenden, vom Schlaf verknitterten Kleidern der reisemüden Sizilianer und Kalabrier aus dem Mezzogiorno, die in Mailand ein besseres Leben suchten; der Morgengruß lautete hier nicht »guten Tag«, sondern *buon lavoro*, »gute Arbeit«. Kleine Engel warteten mit blassen Madonnen auf unrasierte Josefs. Sekretärinnen auf dem Weg zur Arbeit schwenkten die Hüften beim Gehen, und ihre engen Röcke rutschten bei jedem Schritt auf ihren hübschen Hinterteilen hin und her. Ich liebte sie alle.

Draußen auf den Straßen warf die Sonne schon die Schatten gen Westen, und als wir die Via Marconi entlangschritten, fühlte ich mich fast wie ein Stadtfürst, der seine Besitztümer inspizierte. Wir suchten uns ein Café und bestellten Kaffee und frische Brötchen mit Butter und Honig. Ich kaufte vom Ober zwei *gettone* und ging zu dem Wandtelefon hinüber. Das letzte Mal hatte ich diese Nummer 1943 gewählt, am Abend des 9. Juli, um durchzugeben, daß unsere Truppen am nächsten Tag auf Sizilien landen würden. Zwei Tage später war ich dort gewesen, als die OVRA das Haus durchsuchte. Sie hatten niemanden von uns gefunden, dafür aber die Signora mitgenommen; als sie sechs Wochen später zurückgekommen war, mußte sie auf Krücken gehen, bis die Knochenbrüche verheilt waren.

»C'e la signora?«

»Si. Aspett' un momento.«

»Signora Mondadori. *Chi parla*?«

»Vorrei affittare un appartamento per due mesi, ne ha da affirmi?«

»Certo, ma chi parla per favore?«

»Capitano Farne.«

Danach war es einen Augenblick still; dann kam die Flut. Wir holten Tammys Gepäck und gingen zu ihr. Als sie mich in die Arme schloß und den Kopf an meine Schulter legte, standen immer noch Tränen in ihren Augen. Dann war sie wieder *la signora*. Redelustig und mit allem vertraut wie eh und je.

»Und die hübsche *bambina.* Sie immer hübsch, die er bringt. Immer zu jung. Kommt, ich zeig euch, was ich für euch habe.«

Sie setzte sich aufs Bett, während wir auspackten, und wir redeten über längst vergangene Zeiten. In Tammys Ohren müssen wir geklungen haben wie zwei alte Kreuzfahrer beim Austausch von Jugenderinnerungen. Schließlich wandte sich *la signora* Tammy zu: »Als er herkommt, er *tenente,* nächstes Mal *capitano* und nach Anzio er *maggiore.* Engländer unmögliche Leute, sie denken, alles sein Spiel.« Sie sah Tammy eindringlich an. »Er kommt manchmal Schach spielen mit mir, als mein Sohn tot. Immer sehr gut zu uns. Gibt einen guten Ehemann. Ja?« Tammy lächelte und warf mir einen beredten Blick zu.

Als Mama Mondadori uns verlassen hatte, fragte sie mich: »Bist du nach dem Krieg noch einmal hiergewesen?«

»Nur zweimal. Das letzte Mal vor zehn oder elf Jahren.«

»Es ist also wie die Heimkehr des verlorenen Sohns.«

»Sie ist eine gute Frau und auch eine mutige.«

Tammy setzte sich zu mir aufs Bett und legte mir die Hand aufs Knie, zärtlich, voller Vertrauen; wenn es mit rechten Dingen zugegangen wäre, hätte sie zumindest einen Ring tragen müssen. Ich hielt es für besser, zum Geschäftlichen zu kommen.

»Wir bleiben heute nacht hier, Tammy. Morgen werde ich dann ins Hotel übersiedeln. Man erwartet mich sicherlich, und zwar heute. Doch ich will es ihnen nicht zu einfach machen. Ich werde dich anrufen, Kleines. Um dir zu sagen, wie es läuft.«

»Deshalb sind wir also mit dem Zug gefahren und nicht geflogen?«

»Genau.«

»Ich würde gern mehr erfahren.«

»Du erinnerst dich doch an die Fotos, die ich aus Penshurst mitgebracht habe. Sie zeigen die Orte, die die Bande ausrauben wollte. Mavis Trevor war ihre Verbindungsperson zu Pat Dixon. Sie haben ihn von Anfang an benutzt, seit er sein Geschäft aufgemacht hat. Nach einem großen Raubzug mußten sie die heiße Ware möglichst schnell loswerden. Das war Dixons Job. Ich nehme an, das Zeug wurde auf der Farm eingelagert. Und wenn Gras darübergewachsen war, sagen wir nach einem halben Jahr, schaffte er es außer Landes. Der Textilhandel war ideal dafür; seine Abnehmer saßen überall. Klein Daphne wußte wahrscheinlich, was vorging, und die Bande dachte vermutlich, sie hätte mir gegenüber geplaudert. Aber Dixon ist nicht von ihnen umgebracht worden; sie wissen nicht, was aus ihm geworden ist. Da bin ich mir völlig sicher. Ich weiß nicht, warum er verschwunden ist oder aus dem Weg geräumt wurde, aber ich werde es herausfinden.«

»Wieso hier?«

»Der Typ, der mit seiner Kanone nach Santa Margherita kam, dachte, er würde Dixon auf dem Boot finden. Das Londoner Ende hatte ihn geschickt. Und dieser Anruf letzte Woche aus Frankreich war von Mario. Er sagte, es würde Ärger geben, wenn ich nach Santa Margherita zurückkehrte. Wer mir diesen Ärger bereiten sollte, hat er nicht gesagt, aber er hatte immerhin die Anstrengung auf sich genommen, nach Nizza zu fahren, um mit mir zu telefonieren. Das hätte er nicht getan, wenn er nicht wirklich besorgt wäre. Mario läßt sich nicht so leicht angst machen.«

»Hängt das mit diesem Typen zusammen, der Pat suchte?«

»Ich weiß es nicht, Süße. Teilweise vielleicht, aber Mario sagte, der Druck käme nicht direkt von der Polizei. Ich weiß es wirklich nicht.«

»Warum kümmert es dich überhaupt, Max?«

»Zum Teil, weil es mir ein bißchen zu blutig hergeht und keiner dafür haftbar gemacht wird. Niemand unternimmt etwas wegen Dixon. Und niemand hat das Recht, die Polizei unter Druck zu setzen. Welche Polizei auch immer. Denn wenn er tatsächlich umgebracht wurde, wo ist es geschehen? Die Raubzüge kümmern mich einen Dreck, da geht es nur um Geld; was mir auf den Magen schlägt, ist, daß diese Bastarde kaltlächelnd Menschen umlegen, als handelte es sich um Schlachtvieh. Außerdem habe ich ein gewisses materielles Interesse. Knapp zwölftausend Pfund, um genau zu sein. Dixon hat die Fjord bezahlt. Rechtlich gehört sie aber immer noch mir. Falls er tot ist, habe ich nicht vor, das Geld Arthur Price und Co. als Erben zu übergeben.«

Tammy sah mich stirnrunzelnd an. »Du bist eine witzige Mischung, Max. Nach außen freundlich und all das, aber innerlich eine Art Wilder.«

»Ich schätze, du hast recht, Kindchen. Aber man soll schlafende Hunde nicht wecken.«

Ich stand auf und ging zu dem kleinen Fenster hinüber. Nach einem kurzen Blick nach draußen rief ich Tammy zu mir. Auf der engen Straße war ein Messerschleifer mit seiner holzgefaßten Schleifscheibe bei der Arbeit. Er nahm gerade eine Klinge vorsichtig zwischen zwei Finger, und ein Schauer von weißen und orangenen

Funken sprühte über die Kinder, die ihm zuschauten. Sie sahen allesamt adrett, gut gekleidet und glücklich aus; dabei waren die Leute in dieser Straße bitterarm. In Italien braucht man keine Gesellschaft zur Verhinderung von Grausamkeit gegen Kinder. Katzen und Hunde müssen schnell zu Fuß sein, nicht aber Kinder. Und Mädchen ergeht es in Italien nie so wie Tammy. Ihre Herzen mögen gebrochen werden, doch nicht ihre Seelen. Nur in Englands schönen grünen Auen haben es Sozialarbeiter und Psychiater nötig, immer neue Entschuldigungen dafür zu finden, daß Babys nicht gewollt werden.

Mama Mondadori servierte uns ein ausgezeichnetes Mittagessen: *minestrone* und *stufato*, mit Tomaten, Karotten und Sellerie in Weißwein gekochter Schmorbraten. Nach dem Essen gingen Tammy und ich in den Parco Sempione, setzten uns an den großen Teich und sahen den spielenden Kindern zu.

In einer Nebenstraße in der Nähe der Stazione Nord gab es ein kleines Kino. Meine Partisanengruppe hatte es als toten Briefkasten benutzt; wir haben damals von den Filmen immer nur Ausschnitte gesehen, weil wir nach zehn Minuten in die verdreckte Toilette gingen, um im Spülkasten nach Kassibern mit geheimen Nachrichten zu fischen. Aber Krieg hin oder her, wir sahen eine Menge von Bette Davis und Barbara Stanwyck. Nach einigem Suchen fand ich es wieder; es wirkte irgendwie geschrumpft, war aber in Betrieb, und wir saßen die kurze Version von *Via col Vento* durch, die nur drei Stunden dauert. Die Geschichte von Scarlett O'Hara und Rhett Butler war immer noch gut. Um die Spannung etwas zu lockern, wurden mittendrin eine Vorschau und eine Wochenschau eingeschoben. Wir sahen Signor Fanfani bei irgendeiner Eröffnung, eine Massenkarambolage auf der Autostrada del Sol aus der vergangenen Woche, den Papst beim Empfang einer Delegation, die mit ihm über das Scheidungsgesetz reden wollte, und eine Menge Politiker, die sich lauthals darüber ausließen, wie sie alle ihre Wähler zu Millionären machen würden. Danach gab es für meine Begleiterin einen Trailer über *Bianca Neve a le sette nani*; sie gab vor, jeden der sieben Zwerge mit Namen zu kennen. Die Tonanlage des Kinos war umwerfend, und als wir wieder auf die Straße traten, schlossen wir zwar die Augen gegen das grelle Licht, aber der Straßenlärm klang in unseren leidgeprüften Ohren wie sanfte Musik.

Am Abend luden wir Mama Mondadori in ihr Lieblingsrestaurant an der Piazza del Duomo ein, und während Tammy und ich in Ruhe aßen, folgte Mama, von immer neuen Lachanfällen geschüttelt, den Witzen eines Komikers, der sich über den Zustand des Menschengeschlechts, über den Papst und die Politiker im allgemeinen lustig machte. Ich tanzte mit Tammy ein paar wacklige Tangos und schickte dann dem Orchester eine Bitte, die mich eine Lage kostete, aber es spielte für uns diesen wundervollen Walzer, den die Italiener *Valzer delle Candele*, »Kerzenwalzer«, nennen; bei uns heißt er *Auld Lang Syne*, »Die gute alte Zeit«. Die Musiker hatten ein wissendes Lächeln auf dem Gesicht, während ich meine hübsche Blondine im Kreis drehte und Männer mit grauen oder gar keinen Haaren mit ihren Begleiterinnen zu uns stießen. Einige von uns dachten gewiß im stillen an andere Mädchen und andere Zeiten zurück, als Deutsche das Restaurant bevölkerten und das Orchester denselben Walzer spielte, und obwohl es keinen vernünftigen Grund dafür gab, genossen wir es, zu dieser sanften Melodie zu tanzen, die die Deutschen nie verstanden hatten.

Es war nach Mitternacht, als wir in unser Zimmer zurückkehrten. Es war groß und sauber, mit einer gemütlich niedrigen Decke und weißen, schmucklosen Wänden. Die Einrichtung bestand aus schlichten toskanischen Holzmöbeln mit einfacher Kerbenschnitzerei und hier und da einer gewagten Rosette, dem Ergebnis der handwerklichen Übungen irgendeines jungen Tischlers, der sich mit einem Hohleisen versucht hatte.

Tammy hatte sich aufs Bett gekauert. Die Hände unter die Füße geklemmt und den Kopf auf die Knie gestützt, beobachtete sie, wie ich eine Handlung ausführte, die eine Art männliches Gegenstück zum Eindrehen von Lockenwicklern darstellte. Ich schraubte eine Beretta von 1934 sorgfältig auseinander und drapierte die Einzelteile auf der letzten Ausgabe des *Oggi.* Die Pistole war, wie es bei der Army hieß, blitzblank und leicht geölt. Es gibt noch ein neueres Modell von 1951 mit sechzig Meter pro Sekunde mehr Mündungsgeschwindigkeit, einem zusätzlichen Schuß und anderen netten Extras. Aber es wiegt rund dreihundert Gramm mehr und beult das Taschenfutter noch stärker aus als sein Vorgänger; außerdem besitzt es zur Sicherung einen Knopf, für den man eine zweite Hand braucht. Eine 9 mm Corto hatte ich seit dem Krieg nicht mehr in die Hand bekommen, also hielt ich mich an die gute alte .380 ACP. Ich drückte sieben Patronen ins Magazin, rammte es mit dem Handballen in den Griff, lud zwei Reservemagazine und verstaute sie in den Sämischlederfächern in meinem Jackett. Dann klappte ich den Sicherungshebel von mir weg und war bereit für die nächste Feuerprobe.

Tammy hatte eine Augenbraue hochgezogen. »Es ist irgendwie romantisch, nicht?«

»Was ... die Pistole?«

»Nein, mit dir in Mailand zu sein. Daß du dich hier so gut auskennst. Daß du früher schon hier warst ... mit einer Aufgabe.«

»Du meinst, es hat etwas von der Tanzmusik von gestern in der BBC?«

»Ja, etwas Nostalgisches.«

»Selbst die Nostalgie ist nicht mehr, was sie einmal war, Kleines.«

Ich ließ meine Hand ihren Rücken hinuntergleiten, und während ich sie streichelte, sagte sie: »Wie ist der Text zu diesem Lied, Max? Dem Walzer.«

»In Italienisch?«

»Ja.«

»Domani tu mi lascerai e piu non tornerai, domani ...«

»Und wie heißt das übersetzt?«

»Morgen wirst du mich verlassen und nie mehr zurückkehren, morgen ...«

»Nein, nicht. Hör auf«, brach es aus ihr heraus. Dann legte sie eine Hand auf meine Schulter. »Du wirst mich doch nicht verlassen und nie mehr wiederkommen? Nicht wahr, Max?«

»Nein, Tam. Ich komme zurück, aber es wird ein paar Tage dauern.«

»Glaubst du wirklich, daß sie sich melden werden?«

»Das werden sie, Kleines. Ganz sicher.«

7

Das Hotel Napoleone war von der Art, die der Michelin als *»un albergo di buon confort«* beschreibt. Die sechs Stufen zum Eingang waren aus hellem Marmor, und der Empfangsraum wies keinerlei Zugeständnisse an Modernität auf. Necchi, Olivetti und Farina hätten ebensogut nicht existieren können, wenn man von ihrem Einfluß in dieser Gegend Mailands ausging. Nur der Fahrstuhl bildete eine Ausnahme; Mr. Otis und seine Leute hatten offensichtlich sehr erfolgreich verhandelt, denn sie hatten dem Napoleone am Ende das neueste Modell verkauft, mit blinkenden Lichtern, die jedes Kinderherz erfreuen mußten.

Ich schrieb mich ein, und sobald der Angestellte meinen Namen las, flackerten die roten Alarmlampen auf. Er blickte etwas zu schnell auf und war danach etwas zu beflissen. Als alles erledigt war und das Mädchen meinen Koffer und den großen Messingschlüssel an sich genommen hatte, ließ ich die erste Nachricht ab.

»Welches Zimmer hatte übrigens mein Freund Mr. Dixon, als er hier war?«

»Signor Dixon, Sir? Ein Engländer?«

»Genau.«

»Wann war er hier, Sir? Zum Rennen in Monza vielleicht?«

»Nein. Vor drei Wochen ungefähr.«

Er blätterte in seinem Register und fuhr dann mit dem Finger unter den Worten entlang, als hätte er eben erst lesen gelernt. »Oh, da ist er, Sir ... Signor Pat Dixon ... aus London ... Zimmer 49 ... mit Bad ... zwei Betten ... *pensione complet* ... das ist es, Sir ... Zimmer 49.« Damit schlug er das Buch zu, für den Fall, daß ich den Wink nicht verstanden hatte.

Mein Zimmer lag im fünften Stock, mit Blick auf die belebte Straße. Das Mädchen, das meinen Koffer getragen hatte, schloß die Badezimmertür auf und zeigte mir, wie man das Radio und den Fernseher bediente. Sie war um die achtzehn, etwa eins sechzig groß und trug ihr schwarzes Uniformkleid, als wäre es von Simonetta entworfen. Sie hatte eins dieser *jolie-laide*-Gesichter, das immer zu einem Lächeln bereit war, und sobald ich etwas sagte, lachte sie auf und nickte eifrig.

»Voi siete una Toscana, si?«

»Si, signor, e lei?«

»Sono inglese.«

»Ma ché, lei parlate Italiana com' un Calabrese.«

Wir lachten beide darüber, obwohl zumindest ein Unterton von Beleidigung in ihrer Feststellung steckte. Sie war erfreut über die tausend Lire Trinkgeld und schenkte mir noch ein herzliches freches Grinsen, bevor sie die Tür hinter sich zuzog.

Ich packte aus und traf all die einfachen Vorkehrungen mit Haaren und Nadeln, die einem anzeigen sollen, ob jemand, während man weg war, das Zimmer durchwühlt hat. Dann saß ich auf dem Bett und fühlte mich einsam. Ich fragte mich, wie lange sie auf sich warten lassen würden. Sie hatten gestern wahrscheinlich den ganzen Tag vergeblich auf dem Flughafen von di Linate herumgestanden und darüber gerätselt, was passiert sein mochte.

Ich holte meine Brieftasche heraus und sah mir zum hundertsten Mal die Mitteilung an, die ich in Dodds' Tasche gefunden hatte, aber sie verriet mir nichts Neues. Auch der Zeitungsausschnitt mit den Rennergebnissen machte keinen Sinn. Warum mochte Monty sie bloß aufgehoben haben? Ich ging die Namen der Pferde durch; es gab ein paar italienische darunter wie Giulietta und Pampino, aber sie besaßen keinerlei Bedeutung für mich. Also faltete ich die Papiere wieder zusammen, um sie wegzustecken. Dabei fiel mir die andere Seite der Rennliste auf. Sie war voller Kleinanzeigen, mit denen sich die Zeitungen über Wasser halten. Nette Studentinnen boten sich mir bei meinem nächsten Aufenthalt in der Stadt als Begleitung für einen aufregenden Abend an. Ein Mädchen namens Karen würde mir gern eine entspannende Massage zukommen lassen. Und für meinen bevorstehenden Umzug stellte sich mir ein ganzer Pulk von Kleinlastern zur Verfügung, deren Fahrer vermutlich besonders gern bei Mondschein fuhren. Das alles hatte ich nur überflogen, doch dann stockte ich: »D. T. Lieferung nicht möglich. Erklärung mündlich. P. D.« Es waren nicht mehr als anderthalb Zeilen mitten unter all den Ein- bis Zwei-Zentimeter-Annoncen, aber sie stachen hervor, als wären sie fettgedruckt. Ich war nun sicher zu wissen, warum Dixon tot war, und vermutete, daß ich einen hiesigen Sachwalter der Interessen der Bande zu erwarten hatte. Das war zwar weit gefehlt, aber wie hätte ich die Wahrheit ahnen sollen? Hätte ich sie geahnt, ich wäre schnurstracks zum Flughafen gefahren und abgeflogen.

Ich hing den ganzen Tag im Hotel herum, ging zum Essen ins Restaurant und nur einmal hinaus in eins der nahe gelegenen Cafés, um Tammy anzurufen. Niemand folgte mir, und niemand schien mich über Gebühr zu beachten. Um zehn verschloß ich meine Zimmertür und schlief ungestört bis zum nächsten Morgen um neun. Ich frühstückte gemütlich im Bademantel und las mein Gratisexemplar von *La Stampa*.

Den Tag über zeigte ich, daß ich da war. Im Umkreis von hundert Metern um das Hotel gab es drei Cafés, und ich besuchte sie alle. Ich machte einen Schaufensterbummel und kaufte ein Buch mit italienischen Gedichten. Trotz der Kreativität und der Sprache gibt es nicht sehr viel gute italienische Poesie. Das klassische Zeug ist aufgeblasen, die Jüngeren allerdings kommen langsam auf den Dreh, und ihre Gedichte vertragen sich recht gut mit einem Capuccini. Ich hatte das Gefühl, beschattet zu werden, aber obwohl ich die üblichen Kontrollen einbaute, konnte ich niemanden entdecken. Wenn man sich selbst zum Opferlamm macht, neigen die Nerven wahrscheinlich dazu, überreizt zu reagieren. Ebenso wie die Einbildungskraft.

Es geschah am zweiten Tag. Ich saß in der Trattoria del Orso und las die Zeitung. Außer mir gab es nur noch zwei andere Gäste, einen alten Mann und eine Frau mittleren Alters. Ich kaufte beim Kellner ein *gettone* und fragte nach dem Telefon. Er wies auf einen Korridor, der wohl zur Küche führte. Als ich die Münze eingeworfen hatte und das Freizeichen ertönte, wollte jemand an mir vorbei. Ich dachte, es wäre ein Kellner und drückte mich an die Wand, um ihm Platz zu machen, den Finger für die erste Zahl in der Wählscheibe. Doch der Mann war weder Kellner, noch wollte er vorbei, wie mir klar wurde, als ich seine flüsternde Stimme hörte: *»Stai tranquillo, amico.«* Gleichzeitig spürte ich den Lauf einer Pistole im Rücken. Da war nichts zu machen, eingeklemmt, wie ich war. Was ich auch versucht hätte, ich war gewissermaßen das Scheunentor, das er nicht verfehlen konnte. Er tastete mich ab, fand die Pistole, steckte sie ein und suchte weiter; er war kein Neuling in diesem Spiel. Dann war ein raschelndes Geräusch wie von einer Plastiktüte zu hören, und ein stechender Geruch wie von Petroleum breitete sich aus. Doch bevor ich weiter darüber rätseln konnte, hatte ich ein großes Stück Baumwolle über Nase und Mund und wurde hart gegen die Wand gepreßt. Ich geriet auf einen langen, langen Abhang mit einem Tunnel, und gerade als ich einzuschlafen versuchte, fiel mir ein Krachen auf wie von einer Autotür, die zugeschmissen wurde. Ich gelangte in einen wirbelnden Nebel, und die Autotür krachte wieder. Eine kräftige Hand packte mich am Jackett und zwang mich aufrecht zu sitzen, während die Welt sich haltlos um mich drehte. Ich saß auf der Rückbank eines Autos, soviel bekam ich mit. Der Kerl neben mir, der mich mit einer seiner riesigen Hände im Griff hatte, während die andere eine alte, aber nützliche Luger auf mich richtete, war ein untersetzter Typ mit massigen Armen und Schultern wie Henry Cooper. Als der Nebel sich verzog, sah ich, daß wir auf einem kopfsteingepflasterten Hof angekommen waren, doch mein Nachbar ließ mir keine Zeit, mich umzuschauen, sondern zerrte mich aus dem Auto, nachdem er sich mit einem kurzen Blick in meine Augen überzeugt hatte, daß ich wieder halbwegs bei mir war. Er gönnte meinen Gummibeinen ein oder zwei Runden auf dem Hof, dann schob er mich ein paar Steinstufen hinauf in eine große, kühle Halle mit schönen Marmorstatuen und -büsten und einer weiten Marmortreppe. Es waren vielleicht zwanzig Stufen, aber ich hatte das Gefühl, als wären es hundert. Von dem weiträumigen Treppenabsatz gingen mehrere weiße, mit vergoldeten Eichenlaubornamenten verzierte Türen ab. Der Teppich war ebenfalls weiß, so daß der ganze offene Raum in ein kühles Licht gebadet war.

Vor einer großen zweiflügligen Tür stand ein Diener, der sie vor mir aufstieß, als wäre ich der Ehrengast eines Empfangs. Ich betrat einen Raum von riesigen Ausmaßen und überwältigender Pracht. Die Wände waren in kühlem Hellgrün gehalten und von großen Malereien bedeckt, die wie Annigonnis aussahen. Auf einer Wand war ein breites Panorama von Rom zu sehen, auf einer anderen eine Ansicht von Florenz. Die Möbel stammten aus dem siebzehnten Jahrhundert, waren jedoch so gut gepflegt, daß sie wirkten wie eben erst hergestellt. Daneben gab es eine gelbe Ledergarnitur mit einem Sofa von mindestens vier Metern Breite. Rechts davon befand sich ein exquisiter Tisch und in der Mitte ein großer runder Glastisch mit einem Aquarium voller Tropenfische als Fuß.

Hinter dem Tisch stand ein schlanker Mann von vielleicht Anfang Sechzig. Er war gute eins achtzig groß und hatte feine Hände und kleine Füße, die in bequemen schwarzen Schuhen steckten. Der hellblaue Anzug aus leichtem Mohair ließ seine Hautfarbe noch dunkler erscheinen. Seine weißen Haare waren militärisch kurz geschnitten, und die großen dunkelbraunen Augen blickten freundlich. Die tiefen Linien an den Mundwinkeln dagegen zeugten davon, daß er es gewohnt war, Entscheidungen zu treffen und Befehle zu erteilen. Er hielt sich wie ein Soldat, aufrecht und wachsam, und es machte ihm offenbar nichts aus, gemustert zu werden; er zuckte mit keiner Wimper, bis er annahm, ich hätte meine Ration weg. Als er, die Hände hinter den Rücken gelegt, auf mich zukam, wirkte er noch mehr wie ein kommandierender Offizier, ein bißchen wie der Duke of Edinburgh. Ungefähr zwei Meter vor mir blieb er stehen und wies auf einen der Ledersessel.

»Mr. Farne, es tut mir leid, daß unser Zusammenkommen derart melodramatisch zustande kommen mußte, aber es war am einfachsten so. Ich heiße übrigens Timonetti, Dino Timonetti. Bitte setzen Sie sich doch.« Er sah über meine Schulter zu seinem Gorilla und entließ ihn mit einem kurzen Nicken. Sein Englisch war ausgezeichnet, ohne jeden Akzent. Das heißt, wenn es einen hatte, dann einen leicht amerikanischen, jedenfalls keinen italienischen. Sein ernstes Patriziergesicht erinnerte mich an Fotos von Somerset Maugham.

Er wartete, bis ich mich gesetzt hatte, und machte dann eine Bewegung, wie ich sie von meinem Vater kannte. Ein kurzes Hochziehen der Hosenbeine, bevor man die Knie beugt, um Platz zu nehmen. Neben ihm auf dem Sofa lag ein dünner Hefter, und ein Diamant an seinem Ring blitzte auf, als er ihn in die Hand nahm. Er öffnete ihn und begann von einem mit Schreibmaschinenschrift bedeckten Blatt vorzulesen. In Auszügen, so wie Tammy mir mein Horoskop vorgelesen hatte.

»Nun schauen wir mal, was wir haben. Sie sind Maximilian Sigmund Farne. Mutter Deutsche. Vater Engländer. Whitgift School. Croydon. Army 1939–48. Zuletzt im Rang eines Majors. Die übliche Nachrichtendienstausbildung, dann drei Jahre bei der SOE. Arbeit bei französischen Gruppen in Lyon und Paris. Verbindungsoffizier zu den Partisanen in der Gegend von Mailand, Turin und La Spezia. Auszeichnung mit dem Croce di Guerra durch die erste italienische Provinzregierung, DSO und eine zweite Empfehlung, die jedoch nicht befolgt wurde. Heirat mit Joanna Mary Spencer am 4. September 1939 vor dem Standesamt von Chelsea. Geschieden am 24. Oktober 1946. Die Exfrau lebt heute in Austin, Texas. Von Beruf Schiffsmakler. Geschäftsadresse: c/o The Chandlery, Birdham Pool, Chichester, Sussex. Kontonummer 90 750 552 bei der Barclays Bank, East Street, Chichester. Gegenwärtiger Stand: 19,70 £ im Soll. Depositenkonto: 2471 £. Nummernkonten bei der Basler Bundesbank Zürich, der State Bank Liechtenstein und der Third Bahamian Bank, Nassau. In verschiedenen Angelegenheiten von der Polizei in London, Paris, Santa Margherita, Dallas und Amsterdam vernommen. Keine Anklagen.« Er sah zu mir auf. »Und des Mordes schuldig an einem Landsmann namens Dodds in Santa Margherita.«

Ich erwiderte seinen Blick, sagte aber nichts. Ich pflege nicht auf alle Fragen zu antworten, die man mir stellt, und ich antworte nie, wenn man mir nur mit Feststellungen und gehobenen Augenbrauen kommt.

»Warum haben Sie das getan, Mr. Farne?«

»Fragen Sie die *polizia* in Santa Margherita.«

Er warf mir einen eisigen Blick zu und schloß den Hefter. Und erst jetzt fiel bei mir der Groschen, was seinen Namen betraf. Es mußte daran gelegen haben, daß wir Englisch miteinander redeten.

»Also, was wollen Sie, Mr. Farne? Möglicherweise kann ich Ihnen behilflich sein.«

»Ich möchte wissen, was mit Pat Dixon passiert ist und wer es getan hat.«

»Warum wollen Sie das wissen?«

»Er war mein Kunde.«

Er zog eine seiner feinen Augenbrauen noch höher. »Kümmern Sie sich um alle Ihre Kunden derart beflissen?«

»Nur wenn sie ermordet werden.«

Er lehnte sich zurück. Seine Hände lagen auf dem Sofa und trommelten das Dritte Brandenburgische Konzert, während er mich nachdenklich ansah. So wie gute Väter böse Söhne anblicken. Oder Schiedsrichter Jackie Charlton. Schließlich hatte er die große Entscheidung gefällt. Er beugte sich vor. »Unterhalten wir uns einen Augenblick hypothetisch, Mr. Farne. Angenommen, Ihr Kunde Mr. Dixon wäre in ein Verbrechen verwickelt gewesen, und weiter angenommen, er wäre deshalb zu Schaden gekommen?« Seine blaßblauen Augen starrten mich abwartend an.

»Signor Timonetti, Sie haben sich die Mühe gemacht, mich auf Herz und Nieren zu prüfen, und ich habe gestern in einer Wochenschau gesehen, wie Sie eine politische Rede hielten. Ich würde gern erfahren, was Sie mit der Sache zu tun haben?«

Er schüttelte langsam den Kopf und schürzte die Lippen. »Mr. Farne, ich bitte Sie dringlichst, fahren sie nach Hause, und vergessen Sie all das. Sie sind dabei, sich in sehr tiefes Wasser zu begeben. Viel weiter, als Sie ahnen. Sie sind in Gefahr . . . in großer Gefahr.«

»Sagen Sie mir, was mit Pat Dixon passiert ist, dann werde ich darüber nachdenken.«

Er seufzte und stand auf, indem er den Hefter mit sich nahm, ging zu einem Sekretär hinüber und legte den Hefter in einen Schubkasten, den er sorgfältig verschloß. Dann sah er auf seine Uhr.

»Essen wir gemeinsam, Mr. Farne.«

Er drückte auf einen Knopf an der Wand, und als der Diener hereinkam, wies er ihn an, das Essen zu servieren. Danach geleitete er mich mit der ganzen Höflichkeit des Hausherrn für einen Ehrengast zu der großen Tür in der Nähe des Fensters.

Der Tisch blitzte von Kristall und Silber. Es war für drei gedeckt, und eine Bedienstete war gerade dabei, ein weiteres Gedeck aufzulegen. Ein langer Beistelltisch war voller Gläser und Flaschen, und am anderen Ende des Tischs stand ein Mann und eine Frau, die sich miteinander unterhielten. Der Mann hatte mir den Rücken zugekehrt, und Timonetti nahm mich beim Arm, um mich zu den beiden zu führen. Die Frau war eine Schönheit mit großen, weichen braunen Augen, einem breiten, deutlich gezeichneten Mund und einer schmalen Nase. Als Timonetti sie ansprach, lächelte sie, so daß die Grübchen unter ihren slawischen Wangenknochen sichtbar wurden.

»Mr. Farne, ich darf vorstellen. *La signorina* Sylva Pelozzi und *avvocato* Franceschini.«

Die Hand der Frau war weich und ihr Griff sanft. Der Anwalt nickte nur leicht mit dem Kopf. Er war groß und kräftig, mit breiten Schultern und einem Gesicht, das genauso sonnenverbrannt und ledern war wie meines. Seine Haare waren drahtig und immer noch schwarz, obwohl er über Sechzig sein mußte; alles an ihm, vom vorgeschobenen Kopf bis zu den fest auf dem Boden stehenden Füßen, strahlte Kraft und Dynamik aus. Er musterte mich aufmerksam, ohne eine Miene zu verziehen. Ein Mann, der es gewohnt war, Menschen nach ihren Taten zu beurteilen.

Timonetti wies uns unsere Plätze zu, die Frau mir gegenüber. Sie war wirklich schön mit ihrer gesunden Bräune, die fast etwas zu dunkel war für eine Frau. Die Konversation wurde in Englisch geführt, das sie alle perfekt beherrschten, und beschäftigte sich mit mit Menschen als mit Ereignissen. Ein Unbeteiligter wäre wahrscheinlich nie auf die Idee gekommen, daß ich als Gefangener hier weilte und nicht als Ehrengast. Man interessierte sich für meine Ansichten zur Graphik, zu Musik und Literatur, und wir hielten uns lange mit den italienischen Jachthäfen und ihrer Entwicklung auf. Nur dann und wann hatte ich flüchtig das Gefühl, auf die Probe gestellt zu werden, was meine Kenntnisse der italienischen Politik anbetraf. Als ich gestand, ich wüßte weder den Namen des Staatspräsidenten noch den des gegenwärtigen Premierministers, schien man erleichtert und befriedigt zu sein. Schließlich kamen wir auf die wichtigsten Voraussetzungen für meine Art von Geschäften, sagen wir in Santa Margherita, zu sprechen; mir war klar, daß man mir einen Knochen hinwarf, wenn auch einen mit einer Menge Fleisch dran. Ich versuchte sie mit vagen Auskünften abzuspeisen, bis Signorina Pelozzi mich festnagelte. Sie streckte ihren braunen Arm über den Tisch, um mir Feuer zu geben, und sagte dabei: »Ich glaube, Sie mögen Italien, Mr. Farne.«

Ich lächelte. »Ich würde sagen, es sind die Italiener, die ich mag, Miss Pelozzi. Andere Länder haben auch ihre Schönheiten, und viele haben genausoviel Sonne. Aber nur Italien hat Italiener.«

Sie erwiderte mein Lächeln und stieß ein kleines Lachen aus, doch es war Timonetti, der nachhakte. »Was mögen Sie an uns, Mr. Farne?«

Ich lehnte mich zurück und dachte einen Augenblick nach, bevor ich antwortete. »Ich mag, wie sie ihr Herz auf der Zunge tragen. Ihre Warmherzigkeit. Ihre Freude daran, am Leben zu sein. Und ihre Gleichgültigkeit den Politikern und der Regierung gegenüber.«

Avvocato Franceschini schien das nicht zu behagen. »Diese Gleichgültigkeit läßt uns ständig am Rande des Zusammenbruchs sein, Mr. Farne.«

Ich schüttelte den Kopf. »Nein, *avvocato*. Das kommt von Politikern, die versprechen, was sie nicht halten können. Und einer Aristokratie, die sich einen Dreck um alles schert.«

Timonetti nickte lebhaft. »Für jemanden, der sich nicht für Politik interessiert, haben Sie recht entschiedene Ansichten, Mr. Farne.«

»Signor Timonetti, wie jemand einmal sagte, Faschisten, Kommunisten, Sozialisten und Konservative haben nie auch nur einen Hühnerstall gebaut. Es sind die Menschen, die das tun.«

Timonetti setzte sich zurück und fixierte mich. »Was sollen wir nun mit Ihnen tun, Mr. Farne?«

»Ich meine, Sie sollten sich für das Verhalten Ihrer Leibgarde entschuldigen. Danach vergessen wir einfach, was geschehen ist.«

Ich sah aus dem Augenwinkel, wie Franceschini den Kopf schüttelte. Aber er überließ Timonetti das Reden, der lächelnd aufstand und zu mir sagte: »Würden Sie bitte Signorina Pelozzi für einen Moment unterhalten?«

Die beiden verließen uns, und ich stand ebenfalls auf und schlenderte zum Fenster hinüber. Es ging auf einen kleinen Hof, vor dessen Tor ein Alfa geparkt war. In der Mitte des Hofes befand sich ein kleiner Springbrunnen, und es war windig genug, um die Fontäne zu einer Seite hin zu verwehen. Neben dem Tor stand ein Mann auf Wache. Ich ging zurück zum Tisch und sah zu Miss Pelozzi hinunter. Sie trug ein schwarzes Band aus Moiré-Seide um den Hals, das von einer flachen goldenen Spange in Form eines Wappens zusammengehalten wurde. In das Gold war etwas eingraviert.

»Machen Sie so etwas häufig, Miss Pelozzi?«

Ihr Blick war fest, ruhig und freundlich. »Sie sind sehr mächtig, Mr. Farne. Ihr Einfluß reicht auf alle Ebenen. Unter den gegebenen Umständen sind sie mit Ihnen noch sanft umgegangen.«

»Unter welchen Umständen?«

»Ihr Interesse für Mr. Dixon beginnt bedeutende Dinge zu stören. Dinge, die mit ihm überhaupt nichts zu tun haben.«

»Was ist mit Dixon passiert? Ist er tot?«

Sie schnippte die Asche ihrer Zigarette in einen herzförmigen Aschenbecher und blickte mich einen Augenblick abwägend an, ehe sie antwortete. »Ja, er ist tot. Er war dabei, etwas sehr, sehr Dummes zu tun, das ernste Konsequenzen für dieses Land gehabt hätte.« Ihre schönen braunen Augen ließen nicht von mir ab. »Bitte, glauben Sie mir. Er hat versucht, Dinge zu stören, die nicht seine Sache waren.«

»Politik?«

»In gewisser Weise, aber was er getan hat, war nicht politisch.«

»Was war es dann?«

Einen Augenblick hatte ich den Eindruck, sie würde mir alles erzählen, doch wir wurden unterbrochen. Die beiden anderen kehrten zurück. Timonetti verlor keine Zeit, war aber immer noch von formvollendeter Höflichkeit. »Ah, Mr. Farne. Wir haben alle Vorbereitungen getroffen, daß Sie ein paar Tage in einem meiner Häuser verbringen können.« Er wandte sich Miss Pelozzi zu. »Wir möchten, daß du Mr. Farne Gesellschaft leistest, Sylva.«

Wir verließen Mailand in Richtung Süden, und nach ungefähr vierzig Kilometern auf der Autostrada, also rund vierzig Kilometer vor Piacenza, hielt der Mietschläger auf einem Parkplatz an, um mir die Augen zu verbinden. Meine Hände waren schon zusammengebunden. Wir fuhren noch vor Piacenza von der Autostrada herunter und eine Stunde auf langsamen, gewundenen Straßen weiter. Schließlich ging es eine Bergstraße hinauf, die steiler und steiler wurde, bis das Auto endlich hielt. Es war heiß wie in einem Backofen.

Ich blieb zehn Minuten allein im Auto zurück, dann knüpfte der Schläger meine Fesseln auf und stieß mich mit der Pistole hinaus. Ich stolperte auf die Beine und verspürte einen stechenden Schmerz in den Beinen, während ich angestrengt versuchte, mich aufrecht zu halten. Das Haus war von Olivenhainen, Zitronen- und Pfirsichbäumen umgeben. Es war weiß gekalkt und besaß ein rotes Ziegeldach, das fast gänzlich von Massen von Bougainvillen verdeckt war. Sechs gemauerte Stufen führten zu einem gepflasterten Hof mit großen roten Tongefäßen, in die Geranien und Kresse gepflanzt waren. Der Hausfront vorgelagert waren vier Bogengänge, die einen kühlen, schattigen Kreuzgang bildeten, durch den man zu einer Jalousietür und mit Läden verschlossenen Fenstern gelangte. Im Innern ging man über Marmorfußböden. Die Einrichtung bestand aus weißgestrichenen gußeisernen Gartenmöbeln und Schränken, Tischen und Anrichten aus dunklem Pinienholz im abruzzischen Bauernstil. Die Zimmer waren um den großen Hauptraum angeordnet. Eine alte Frau in italienischem Schwarz und ein grobschlächtig aussehender junger Mann stellten das Hauspersonal dar.

Miss Pelozzi führte mich in ein Zimmer mit Bad; beide Räume hatten außer den blauen Läden auch Gitter vor den Fenstern. Danach ging sie in den Hauptraum telefonieren, aber ich konnte nicht verstehen, was sie sagte. Ich hörte, wie sie auflegte und mit klickenden Absätzen zu meinem Zimmer zurückkam. Sie lehnte sich in die offene Tür zum Bad und sah zu, wie ich mir Gesicht und Hände wusch. Als ich mir das Gesicht abtrocknete, sagte sie: »Ihr Vorname ist Max, nicht wahr?«

Ich nickte, und sie ging zum Bett hinüber, setzte sich und ließ sich auf die Ellbogen zurücksinken. Ihre langen, glänzend schwarzen Haare bildeten einen erstaunlichen Kontrast zur Bräunung ihres Gesichts und ihrer Arme, die von ihrem dünnen weißen Wollkleid noch hervorgehoben wurde. Sie hatte das Tuch um den Hals gewechselt und trug jetzt eines aus weißem Leinen; die Spange schien dieselbe zu sein wie vorher. Sie bemerkte meinen Blick darauf, legte den Kopf zur Seite und lächelte mich einladend an. Ich beugte mich herunter, um sie mir anzusehen. In das Gelbgold war in kräftiger Gravur das Rutenbündel mit Beil geschnitten, das unter dem Namen »Fasces« bekannt ist. Zu Zeiten der Cäsaren wurde dieses Emblem den Konsuln und Prätoren vorangetragen. Später war es das Symbol von Mussolinis Schwarzhemden. Vor dreißig Jahren wurde es öffentlich gebannt.

»Wir haben ein Problem, Max.«

»Oh, welches? Mich?«

»Nein. Sie haben zwei Flugplätze gebucht, die Sie nicht in Anspruch genommen haben. Wir fragen uns nun, warum zwei. Ist jemand mit Ihnen gekommen? Wenn ja, wer? Und warum? Und wo sind sie jetzt?«

Ich lächelte. »Das wird sie einige Zeit auf Trab halten.«

Sie lächelte zurück. »Die Polizei überprüft gerade die Hotels und Pensionen.« Das war ein Seitenhieb, der mich wissen lassen sollte, daß ihnen die Polizei zu Diensten war, wann immer sie wollten. Sie fuhr fort: »Sie konzentriert sich dabei auf die Blondine auf Santa Margherita. Tammy Walton, nicht wahr? Irgendwo muß sie ja angemeldet sein.«

Sie ließen keinen Trick aus, aber es würde lange dauern, bis sie Tammy aufspürten. Mama Mondadori war den Italienern genauso gewachsen wie dazumal den Deutschen, und Klein Tammy würde, wie ausgemacht, in keiner *questura*-Kartei auftauchen.

Wir aßen spät zu Abend, und danach spielte ich mit la Sylva Schach. Sie gewann zwei von vier Spielen und hätte leicht noch ein weiteres gewinnen können, wenn sie meine eigenwilligen Züge richtig eingeschätzt hätte. Wer immer ihr das Schachspielen beigebracht haben mochte, mußte ein sehr starker, aber orthodoxer Spieler gewesen sein; die Fähigkeit, auf einen entblößenden Zug im Rahmen eines sorgfältig vorbereiteten Angriffs zu reagieren, hatte er ihr jedenfalls nicht vermittelt.

Nachdem wir das Schachspiel weggeräumt hatten, goß sie für uns beide Whisky ein und setzte den Kassettenrecorder in Gang. Telemann, Boccherini und Tartini boten eine angenehme Hintergrundmusik.

»Sind Sie verheiratet, Max?«

»Ich war es einmal. Wir haben uns kurz nach dem Krieg scheiden lassen.«

»Und in der Zwischenzeit?«

»Oh, eine Menge Flüchtigkeiten . . . aber keine Heirat.«

»Und die Boote bringen Ihnen genug ein?«

»Mehr als genug. Mein eigenes Boot ist bezahlt, und ich brauche nicht viel zum Leben.«

»Man hat uns gesagt, Sie hätten neben dem Bootsgeschäft noch ein paar andere Dinge getan. In Amsterdam für das MI6 Hannover einen Jungen entführt, der vorher von seinem reichen Papa entführt worden war, und in Griechenland eine kleine Hilfestellung in Sachen Drogen.«

Ich erwiderte ihr Lächeln. »Ich helfe gern, wenn ich kann.«

»Warum?«

»Es kommt manchmal vor, daß die Regierung, die Polizei, das Establishment und sogar das Gesetz nicht tun können, was nötig ist.

Dann brauchen sie jemanden wie mich, der die Karre wieder aus dem Dreck zieht, in den sie sie hineinmanövriert haben.«

Sie stand auf und blies mir einen Kuß zu. »Schlafen Sie gut, Max. Bis morgen.«

Keine Warnung vor Wachen oder Fluchtversuchen, aber das war auch nicht notwendig. Wir waren alle keine Neulinge in dem Geschäft.

Ich verbrachte eine Stunde damit, meine Unterkunft unter die Lupe zu nehmen. Die Stäbe vor dem Fenster waren massiv und staken oben und unten mindestens dreißig Zentimeter im Mauerwerk. Sie mit einer Feile oder Säge durchtrennen zu wollen, wäre ausgesprochen langwierig gewesen; mit einem schweren Hammer hätte man sie vielleicht verbiegen, aber niemals brechen können. Die Wandfliesen waren auf Zement gesetzt, und als ich daraufklopfte, klang es, als wäre die Wand dahinter mindestens zwanzig Zentimeter dick. Ich drehte langsam am Türknauf und drückte sanft gegen die Tür; sie war abgeschlossen. Die Decke war eine Möglichkeit. Eine Nagelfeile reichte, um sie anzukratzen. Sie bestand aus Putz auf einem mit Draht verstärkten Träger, aber der Draht war nicht sehr dick. In vier bis fünf Stunden hätte ich ein Loch zustande bringen können, das groß genug gewesen wäre, um hindurchzuklettern. Aber es wäre schwierig gewesen, den Schutt zu verstecken, und außerdem hatte ich keine Ahnung, was mich auf der anderen Seite erwartete.

Ich setzte mich mit einer Zigarette aufs Bett und versuchte es wieder einmal mit den Teilen meines Puzzles. Veronica Pages Vermögensverwalter hatte vermutlich in groben Zügen spitzgekriegt, worauf Dixon sich eingelassen hatte. Er hätte es nie im Leben beweisen können, tat aber alles, um seine Klientin aus der Sache herauszuhalten. Eine Bande von Einbrechern hatte heißes Geld und heiße Ware bei Dixon zwischengelagert. Er selbst oder jemand anders finanzierte sie für eine Weile, und durch den Textilhandel konnte alles außer Landes geschafft werden, wann immer man wollte. Dafür kassierten der Financier und der gewitzte Hehler um fünfzig Prozent der Erlöse. Ein Teil der Einnahmen floß, während sie sich vergrößerten, in das Geschäft zurück – ein ausnehmend erfolgreiches Konzept. So schien es jedenfalls, bis der Zufluß aus irgendeinem Grund unterbrochen wurde und das Geschäft nicht mehr ganz so gut aussah. Der bewaffnete Besuch von Dodds hatte Dixon zur Ordnung rufen sollen; das ging aus der Post hervor, die er bei sich gehabt hatte. Aber die Initialen unter der

Mitteilung waren die von Signor Timonetti, und ich konnte ihn mir beim besten Willen nicht als Mitglied einer Londoner Gangsterbande vorstellen. Eine Verbindung zwischen ihm und Dodds konstruieren zu wollen, schien mir widersinnig zu sein. Timonetti war Politiker, ein Mann mit Macht und Einfluß, und kein Dieb. Und dann Dixon. Ich war mir sicher, daß er Tammy hatte treffen wollen, andernfalls machte es keinen Sinn, daß er sie nach Santa Margherita geschickt hatte. Oder war das ein Ablenkungsmanöver? Doch dann hätte auch sein Brief an mich dazugehört. Die Ablenkung hätte ihn den Preis des Bootes gekostet. Und wenn er die Londoner Bande irgendwie hintergangen hatte, wie kamen Timonettis Initialen unter die Mitteilung an ihn? Woher konnte Timonetti so viel über Dixon wissen, und warum war er so sehr an mir interessiert? Und schlußendlich, warum hatten sie mich nicht einfach aus dem Weg geräumt? Dafür allerdings gab es eine einsichtige Erklärung. Niemand – weder die Bande noch die englische oder italienische Polizei – hatte im Fall Dixon etwas gegen sie in der Hand. Falls jemand Dixons Verschwinden aufstoßen sollte, gab es keinen Anlaß, einen Mord anzunehmen, und auf jeden Fall würden die Spuren bis dahin eiskalt sein. Was mich betraf, war Timonetti jedoch nicht sicher, daß mein Verschwinden genauso unbemerkt bleiben würde. Eine Menge Leute könnten Lärm schlagen. Außerdem würde er gern erfahren, wieviel ich wußte und mit wem ich darüber gesprochen hatte. Deshalb die Samthandschuhe. Gegen sie mußte ich mich wappnen, um nicht weich zu werden, solange sie mich im Griff hatten. Am Anfang hatte ich nur sichergehen wollen, daß ich die Fjord »gewonnen« hatte. Ich hatte Dixons Geld und gleichzeitig das Boot. Wenn er tot war, würde beides meins bleiben. Das Boot war in Santa Margherita sogar noch mehr wert, als Dixon bezahlt hatte. Vielleicht würde ich einen Handel mit Timonetti eingehen müssen, auch wenn mir der Gedanke nicht sonderlich gefiel. Ich wollte wissen, warum Dixon umgebracht worden war.

8

Während der nächsten zwei Tage passierte nicht viel. Ich machte mir ein Bild von der Villa und probierte aus, wie lang meine Leine war. La Sylva verschwand einige Male, aber nie lange genug, als daß Mailand ihr Reisziel gewesen sein konnte. Am dritten Tag kam ein zusätzlicher Diener an, und es sah so aus, als würde die Wachmannschaft verdoppelt. Ich hatte neue Männer, offenbar Wachen, auf dem Abhang hinter der Villa beobachtet, und zwei oder drei andere paradierten ständig auf dem zerfurchten Weg, der zur Straße hinunterführte. In der zweiten Nacht war mein Zimmer nicht verschlossen, aber als ich die Tür vorsichtig einen Spaltbreit öffnete, sah ich gegenüber eine Wache mit einer Maschinenpistole sitzen. Meine Entführer waren nicht zum ersten Mal auf diesem Gebiet tätig. Alles, was sie taten, zeugte von professioneller Routine, gerade weil es so beiläufig geschah.

Meine Gesellschafterin verstrickte mich in lange Unterhaltungen, in die sie kaum merklich die Fragen einstreute, die sie eigentlich interessierten, über meine Londoner Bekannten, über alte Freunde, die ich in Mailand noch haben mochte, über Tammy und solche Dinge. Das alles bekam man bei der SOE in den ersten Stunden über Verhörtechniken beigebracht. Im Zivilleben kann man sich allerdings nicht auf die Genfer Konvention berufen und es mit Namen, Rang und Dienstnummer bewenden lassen. Man kann jedoch ein Körnchen Wahrheit, das bereits bekannt ist, mit hohlen Nüssen und falschen Spuren vermischen. La Sylva verfügte über einen ausgezeichneten Verstand, glänzend wie eine Coke-Büchse, aber sie besaß keine Ausbildung wie ich. Ihre Fragen verrieten mir zweierlei: erstens, daß sie Tammy noch nicht ausgespürt hatten, und zweitens, daß sie mich als harten Brokken ansahen. Meine Vergangenheit schien sie jedoch nicht sehr beeindruckt zu haben, sonst wäre ihnen klar gewesen, daß sie für jemanden, der mit der OVRA und der Gestapo fertig geworden war, mehr hätten aufbieten müssen als die Grübchen einer hübschen Frau.

Am dritten Tag bekam la Sylva kurz vor dem Mittagessen einen Anruf, und obwohl sie nicht viel sagte, hatte ich den Eindruck, daß etwas nicht stimmte. Sie hatte neue Befehle erhalten. Als wir nach dem Essen mit einem Weinbrand beisammensaßen, streckte sie ihre langen, braunen Beine aus und sah mich nachdenklich an, während sie die Flüssigkeit in ihrem großen Cognacschwenker rotieren ließ.

»Max, was wollen Sie über Dixon wissen?«

»Ich möchte wissen, ob er tot ist.«

»Das habe ich Ihnen doch schon gesagt.«

»Und wer ihn warum umgebracht hat.«

Sie blickte in ihr Glas. Frauen tun das instinktiv, wenn sie ihre Gedanken ordnen wollen, weil sie etwas zu sagen haben, das sie in ein schlechtes Licht setzt, das aber so klingen soll, als wäre alles der Fehler ihres Gegenübers. Ich wartete gespannt darauf, daß sie wieder aufsah.

»Er wurde umgebracht, weil er versuchte, seine Partner zu hintergehen.«

»Sie meinen die Diebe?«

Sie nahm mit geschlossenen Augen einen Schluck Weinbrand. Ein weiteres schlechtes Zeichen. Als sie das Glas absetzte, nickte sie. »Ja, es war nichts als ein Streit unter Dieben.«

»Wie sind dann Sie und Timonetti in die Sache hineingeraten?«

»Das sind wir nicht, Max. Es war nur ein Zufall.«

»Auch daß Timonettis Initialen unter der Mitteilung stehen, mit der Dodds nach Santa Margherita kam, um Dixon zur Ordnung zu rufen? Ach, kommen Sie, Kindchen, lassen wir das.«

Sie setzte sich sehr gerade hin. »Ich sage Ihnen lieber, wie es steht, Max. Wir können dafür sorgen, daß Ihnen wegen Mordes an Dodds der Prozeß gemacht wird. Mit der jungen Blondine als Mittäterin. Es würde lange dauern, ehe Sie vor Gericht kämen, mindestens ein Jahr, vielleicht auch zwei. Andererseits sind Timonetti und seine Freunde für den Fall, daß Sie diese unsinnige Geschichte vergessen, bereit, Ihnen zwanzigtausend Pfund zu zahlen, in jeder Währung, die Sie wollen. Und damit hätte es sich dann.«

Ich sah in ihr hübsches Gesicht und die großen Rehaugen, und für einen Augenblick waren wir beide irgendwo sonst, nur nicht in dieser Villa. Dann blinzelte sie und stellte die Fronten wieder her.

»Warum haben mich Ihre Leute nicht einfach umgebracht, wie sie es mit Dixon getan haben?«

Als sie aufstand, um zu ihrem Zimmer hinüberzugehen, waren Verärgerung und Enttäuschung deutlich spürbar. Sie knallte die Tür zu.

An diesem Abend aß ich allein. Meine Gedanken kreisten um das Telefon, obwohl ich während des Essens nicht einmal einen Seitenblick darauf riskierte. Als ich schließlich hinsah, war es nicht mehr da.

Wieder in meinem Zimmer, legte ich mich aufs Bett und überlegte, ob ich zu weit gegangen war. Vielleicht wäre es besser gewesen, so zu tun, als würde ich mitspielen. Vielleicht sollte ich es nachholen. Aber sie waren krumme Hunde mit viel Biß und wenig Skrupeln. Sie würden mir bei der erstbesten Gelegenheit das gleiche Ende bereiten wie Dixon.

Ich stapfte durch das Zimmer, kam aber zu keinem klaren Gedanken. Die Tür war wieder nicht verschlossen, und ich zog sie vorsichtig auf und spähte durch den Spalt hinaus. Es war keine Wache zu sehen. Ich öffnete sie weiter. Mondlicht lag auf den Möbeln und dem gefliesten Fußboden, und der einzige Wachposten, den ich entdeckte, war eine Silhouette vor einem der Fenster. Ein leises metallisches Geräusch begleitete seine Bewegungen. Dann, als ich mich vorbeugte, um nachzusehen, ob das Telefon wieder an seinem Platz stand, explodierte mein Kopf.

Als ich wieder zu mir kam, versuchte ich mich zu erinnern, wo ich war. Ich konnte weder meinen Körper noch meinen Kopf bewegen, und alles, was ich sah, waren weiße Wände und ein Bild an der Wand mir gegenüber. Dann spürte ich, wie die Welle von neuem auf mich zurollte, und ich sank wohlig entspannt unter die Oberfläche zurück. Das nächste Mal strengte ich mich weniger an und erzielte bessere Ergebnisse. Ich konnte das Bild erkennen. Es war ein großes Bild, ein Ölgemälde, und es zeigte Sylva Pelozzi mit dem obligaten schwarzen Band um den Hals. Ansonsten war sie nackt. Ihr Körper hob sich tiefbraun von einem glattweißen Hintergrund ab. Die schwarzen Haare waren wie vom Wind zerzaust und bildeten eine wilde Mähne. Die festen Brüste sahen aus, als wären sie eingeölt, und auf ihrem Bauch blitzten funkelnde Lichter. Sie besaß die Beine einer Tänzerin, und das schwarze Gewirr zwischen ihnen war mit besonderer Akribie so naturgerecht wie möglich gemalt. Sie streckte dem Betrachter einladend die Arme entgegen, mit einem Lächeln, das ihre gesunden Zähne sehen ließ, und die spröde Zurückhaltung, die die Grübchen in den Wangen anzudeuten schienen, gab dem Ganzen eine besondere erotische Note.

Ich erhob mich auf einen Ellbogen und befühlte meinen Hinterkopf. Oben hinter dem rechten Ohr war eine Beule, in der es pochte und hämmerte, als führe sie ein Eigenleben. Nach meinem Gefühl hätte sie mindestens Tennisballgröße haben müssen, wahrscheinlich war sie aber höchstens halb so groß. Beulen am Kopf fühlen sich immer so an. Ich sah mich in dem Zimmer um. Es war offenbar das von la Sylva. Vom Hauptraum her fiel Licht herein, und als ich meine Beine aus dem Bett schwang, kam sie mit einem Tablett, auf dem eine Schüssel stand, und einem Handtuch über dem Arm herein. Sie trug einen Herrenbademantel und kein Band um den Hals.

»Das war sehr dumm von Ihnen, Max.«

Darauf war nicht viel zu erwidern. Sie tat ihre Rotkreuzarbeit und drückte dann auf einen Knopf neben dem Bett. Eine der Wachen kam herein und brachte die Schüssel und das Handtuch weg. Es war ziemlich blutig gewesen, genauso wie das Kopfkissen.

Sie setzte sich zu mir aufs Bett und sah mich lächelnd an, freundlich, ohne jede Spur von Überheblichkeit. Eine Haarsträhne hing über eine Schulter nach vorn und lenkte meinen Blick auf ihre Brust, was nicht heißen soll, daß es solcher Unterstützung bedurft hätte. Sie bemerkte meinen Blick und öffnete den Mund, um etwas zu sagen, entschloß sich dann aber anders, stand auf, um die Tür zu schließen, und löste den Gürtel des Bademantels. Während ihre Hülle fiel, sagten mir alle meine Instinkte, daß das nichts anderes war als die Mehrwertsteuer auf das Geldgeschäft. Nur einer redete beharrlich dazwischen und meinte, daß jetzt nicht die Zeit wäre, Steuern zu sparen, noch dazu den andern. Der Eindruck, den diese kühlen, eleganten Frauen in Kleidern erwecken, kann sehr trügerisch sein, und la Sylva war keine Ausnahme davon. Ihr weicher Mund, die feinen Hände und beweglichen runden Hüften waren zu Wundern fähig, die nur ein Flegel hätte ignorieren können. Und ein Flegel war ich noch nie gewesen.

Als ich das nächste Mal aufwachte, war es zehn Uhr. Ich lag in Sylvas Bett, allein. Niemand hielt mich auf, als ich in mein Zimmer hinüberging. Die alte Frau brachte Kaffee und Brötchen. Aus der Küche klangen fröhlich lachende Stimmen herüber; die sonst zu spürende Spannung war mit einemmal verschwunden, alle schienen wie erlöst. Ein junger Mann, eine der Wachen, kam zu mir und sagte, ich dürfe draußen spazierengehen, wenn ich wolle; er würde mich begleiten.

Ich mußte die Augen zukneifen, um sie vor dem grellen Sonnenlicht zu schützen, und es fiel mir nicht leicht zu gehen. Ich setzte mich bald an einem Hang zwischen die Mimosen, die hier üppig wuchsen, und bewunderte das Panorama. In der Ferne blitzte gelegentlich die Windschutzscheibe eines Autos auf, und kleine Ansammlungen von Häusern säumten die Landstraßen, die zur Autostrada hinführten. Der Ausblick war großartig, bot aber keinerlei Anhaltspunkte.

Ich hatte wohl eine halbe Stunde so dagesessen, als mein Bewacher zu sprechen anfing. »Signore?«

»Ja?«

Er sprach leise, fast flüsternd. »Sie waren *capitano* im Krieg, ja?«

»Das stimmt.«

»Sie erinnern Gino del Rossi?«

Ich drehte mich halb um und sah erstaunt zu ihm auf. »Ich erinnere mich sehr gut an ihn.«

»Er mein Vater.«

Ich klopfte auf das Gras neben mir, und er setzte sich in gebührendem Abstand.

»Was macht er jetzt?«

»Er ist Zimmermann in Piacenza und Bürgermeister unserer kleinen Stadt.«

»Immer noch Marxist?«

Er lachte auf und nickte. »Ja. Mehr denn je.«

»Du mußt das jüngste Baby sein. Ernesto.«

»Nein, ich bin nächstes. Angelo.«

»Spricht er oft von jenen Tagen?«

Der junge Mann lachte wieder. »Er hört nicht auf damit, Signore. Mama sagt, wir kämpfen mit den Partisanen jedesmal, wenn wir essen.«

»Er war ein mutiger Mann, Angelo.«

Der Junge nickte, wich aber meinem Blick aus. »Ich ihm erzählen von Ihnen, und es ihm nicht gefallen.«

»Du kannst ihm bestellen, daß ich schon auf mich aufpasse, mein Junge.«

Er schwieg eine Weile, während er an dem spärlichen Gras zupfte. »Er sagen, ich Ihnen helfen, Signore.«

Ich blickte zur Seite, um ihn anzusehen. »Und was sagst du?«

»Ich tun, was er sagen, Signore.«

»Was passiert, wenn es herauskommt?«

Er grinste. »Sie nicht herausfinden, Signore.«

Während der nächsten halben Stunde tüftelten wir an unserem Plan, und Angelo gab mir einen Überblick über die Straßen und die Lage in der Villa und um sie herum. Es sollte in der kommenden Nacht geschehen. Ich verbrachte eine Stunde damit, die verschiedenen Möglichkeiten durchzugehen. Es hätte ein Szenario sein können, in dem ich den Dieb verkörperte, der beim Ausplündern der herrschaftlichen Villa erschossen wurde. Es hatte zwar nicht den Anschein, aber ich war immer vorsichtig, wenn die Möglichkeit bestand, daß meine Lederhaut ein zusätzliches Loch oder einen neuen Striemen bekam.

La Sylva zeigte sich den ganzen Tag über nicht. Nicht einmal zum

Abendessen. Ich legte mich angezogen hin und schlief ein paar Stunden. Kurz vor drei Uhr nachts öffnete ich leise die Tür. Angelo bewachte die Frontseite der Villa, und der Gorilla saß in einem Sessel im Hauptraum. Das Kinn war ihm auf die Brust gesunken, und er zuckte von Zeit zu Zeit hoch, um den Schlaf zu vertreiben. Mein bloßen Füße schienen einen Höllenlärm zu machen, wenn ich sie von den Fliesen hob. Als ich direkt hinter ihm war, hörte er irgend etwas und drehte sich halb um. Ich trat zur Seite, und als meine Hand sich auf seinen Mund legte, griff er mit seinen Pranken nach meinem Arm. Mit dem Daumen der freien Hand suchte ich hinter seinem linken Ohr den kleinen Spalt zwischen der Hirnschale und dem Kieferknochen, und während er sich abstrampelte, um auf die Beine zu kommen, drückte ich zu. Er schrie auf, doch meine Hand erstickte den Laut. Dann erschauerte sein Körper und wurde schlaff. Ich drückte noch eine halbe Minute weiter, bis hart an die Grenze zur tödlichen Dosis.

Ich nahm ihm seine Luger ab und zog den Schlitten zurück. Die Patrone, die im Lauf gesteckt hatte, schnellte in hohem Bogen heraus. Der Schlitten erfaßte die nächste Patrone und rammte sie in den Lauf. Ich brauchte ein paar Minuten, bis ich die herausgesprungene Patrone fand, und steckte sie in die Tasche. Angelo stand vor der Jalousietür, und als er sich umdrehte, schlug ich zu. Ich traf ihn am Kinn. Er sackte zusammen, und ich fing ihn auf und legte ihn in den Schatten des Kreuzgangs. Der Mond war voll, und ich ging in seinem Licht vorsichtig die Treppen hinunter und am Rand des abschüssigen Weges entlang. Nach zehn Minuten war ich fast am Ende des Abhangs. Als ich auf die Landstraße einbog, sah ich in der Villa die Lichter angehen und hörte entfernte Rufe. Weitere zehn Minuten später hörte ich, wie ein Motorrad gestartet wurde und den Zufahrtsweg herunterkam. Ich legte mich zwischen die Felsen; als es an mir vorbeifuhr, sah ich, daß sie zu zweit waren. Der Mann auf dem Sozius klammerte sich mit einer Hand am Fahrer fest, um mit der Taschenlampe in der anderen abwechselnd auf beide Seiten des Weges zu leuchten. Ich hatte mir ausgerechnet, daß man sich in Richtung Mailand wenden würde, um mir den Weg abzuschneiden, und wollte deshalb nach Süden gehen, auf Piacenza zu. Aber ich mußte erst das Tageslicht abwarten. Dann würden die Geräusche, die ich machte, im Verkehrslärm der Autostrada untergehen. In der Stille der Nacht brauchten sie nur abzuwarten und ihre Ohren offenzuhalten, bis sie mich hörten. Dann hätten sie mich gehabt.

Einen Kilometer von der Autostrada entfernt wurde der Berg weniger steil. Zypressen standen in Gruppen zusammen, und ich versteckte mich in der dichtesten. Es war inzwischen vier Uhr geworden. Die Vögel rührten sich und begannen vereinzelt zu zwitschern, als ich zwischen die Bäume trat. Ich fand eine kleine Lichtung und setzte mich auf den Boden, um auf den Tag zu warten. Ich dachte an mein Boot; ich konnte fast hören, wie Wellen vom Boot irgendeines Frühaufstehers, der dem Chichester-Kanal und dem Solent zustrebte, an seinen Rumpf schlugen. Irgend etwas kann nicht stimmen bei Männern, die sich nicht eine Frau, zwei Kinder, einen Garten, eine Hypothek, eine Monatskarte und den Anspruch auf Rente zulegen.

Ich ging auf Nummer Sicher und wartete bis zehn Uhr, dann wanderte ich an der nach Süden führenden Fahrbahn der Autostrada entlang. Auf dem ersten Parkplatz fand ich einen Gemüsehändler, der mich bis zur Via Scalabrini mitnahm, und ein Überlandbus brachte mich in Rossis kleines Dorf. Ich stieg auf der Piazza aus und fragte die alte Frau, die an der Haltestelle wartete, wie ich zu Gino del Rossi käme. Die alte Frau sah langsam an mir hoch und sagte im Wegschlurfen: »Gino del Rossi *e morto. Cinque anni fa.*«

Es war purer Instinkt, daß ich auf dem Absatz kehrtmachte und wieder in den Bus stieg. Ich hatte gerade noch genug Geld für die Fahrkarte ins nächste Dorf und für ein Telefongespräch. Ich saß auf dem heißen Sitz und sah durch die staubige Scheibe. Sie *hatten* es inszeniert. Und es hatte beinahe geklappt. Ich wäre nach Mailand gegangen und hätte sie geradewegs zu Tammy geführt. Sie hätten mich ein paar Tage lang beschattet, um zu sehen, welche Kontakte ich sonst noch hatte, und danach wären Tammy und ich zu der Ehre gekommen, in einer kleinen Meldung des *Corriere della Sera* erwähnt zu werden: Englisches Touristenpaar in Mailänder Randbezirk ermordet aufgefunden; der Polizeipräsident warnt die Touristen davor, sich nach Dunkelwerden außerhalb des Stadtzentrums aufzuhalten. Diese verfluchten Hundesöhne: Erst hatten sie das Geldangebot vorgeschoben, dann la Sylva, und schließlich hatten sie die Grube gegraben, in die ich stolpern sollte. Mein Gefühl hatte mich in die andere Richtung geführt, trotzdem war ich dumm gewesen. Solche Dummheit kann man sich alle fünf Jahre höchstens einmal leisten. Ich fragte mich, was wohl Gino del Rossi in seinem Grab sagen würde, wenn er seinen Sohn dabei hätte beobachten können, wie er den Engländer den Bach hinunterschickte. Er hätte vermutlich beifällig genickt. Aus einem unerfindlichen Grund erheiterte mich dieser Gedanke.

Der Bus kam in einer Staubwolke zum Stehen, und ich sah mich nach Anzeichen von Verfolgern um. Ich war der einzige, der ausstieg, und die paar Leute auf dem Platz waren offenbar Einheimische, die ihren Geschäften nachgingen. Ich hatte die Wahl zwischen dem Ristorante di Genova und dem Albergo Emmanuelle und entschied mich für das Restaurant. Ich erreichte Mario in seinem Büro.

»Max, wo bist du?«

»Mario, es ist vielleicht besser, wenn du es nicht weißt. Ich brauche einiges.«

»Okay.«

»Ich möchte zweihundert Pfund in Lire und einen Paß.«

»Wir haben hier keinen britischen Konsul, Max. Der nächste sitzt in Genua, und dort wird man dich persönlich sehen wollen. Ich habe das schon öfter erlebt, es ist ein Scheißspiel.«

»Ich will nicht *meinen* Paß, Mario. Nur einfach einen Paß. Einen englischen, amerikanischen, irischen, irgendeinen.«

Es entstand eine lange Pause, nur unterbrochen von einem Seufzer über diesen lästigen *Inglese.* Dann sagte er: »Du kannst einen irischen haben. Was ist mit dem Foto?«

»Vergiß es. Das sieht sich in den Hotels sowieso keiner an. Und für mehr brauche ich ihn nicht.«

»Wo soll er hingehen?«

»Schick mir das Geld an das hiesige Postamt. Das Nest heißt Borgio. Den Paß hinterlegst du *fermo posta* in der Zentralpost in Mailand, der in der Via Marconi. Ich brauche ihn noch heute abend, Mario.«

»Max, ich stehe unter Beobachtung, für den Fall, daß du hierherkommen solltest. Schon seitdem du weggegangen bist.«

»Mach dir keine Sorgen, Mario. Kann ich den Paß bis heute abend haben?«

»Ja, er liegt in meinem Safe. Aber er ist nur noch ein halbes Jahr gültig.«

»Das geht in Ordnung. Ciao, Mario.« Damit hängte ich ein.

Ich bestellte Kaffee, Brötchen und einige Pfirsiche und verbrachte zwei Stunden damit, *La Stampa* zu lesen und mich sogar, ohne Kuli oder Bleistift, am Kreuzworträtsel zu versuchen. Dennoch sah ich es erst, als ich noch einen Kaffee bestellte und die Zeitung zusammenfaltete, weil die Kellnerin den Tisch abwischen wollte. Es stand mitten auf der Titelseite:

> Gestern abend verkündete Signor Dino Timonetti auf einer Versammlung in Mailand die Abspaltung einer Gruppe von Mitgliedern des Moviemento Sociale Italiano. Signor Timonetti, ein bekannter Industrieller, sagte, daß er und andere Mitglieder zu der Überzeugung gelangt seien, daß das MSI sich nicht an das Parteiprogramm halte, wie es in dem Manifest von 1972 niedergelegt worden sei, insbesondere in bezug auf die neuen Gesetze zur Kontrolle der Gewerkschaften und zur Reduzierung beziehungsweise Abschaffung der Privilegien des Vatikans. Es wird vermutet, daß der Zeitpunkt der Bekanntgabe der Abspaltung mit dem Abschluß eines Geheimabkommens mit der Kommunistischen Partei über eine zukünftige Zusammenarbeit in vielen Bereichen zusammenfällt.
>
> Signor Timonetti und andere Führer der neuen Partei werden sich am kommenden Wochenende in Rom versammeln. Es heißt, daß auch hohe Militärs an dem Treffen teilnehmen werden. Die neue Partei nennt sich La Bandiera Nera und hat ihr vorläufiges Hauptquartier in der Via Mangoni aufgeschlagen.
>
> Die Leser werden sich erinnern, daß die Mailänder Polizei im Zusammenhang mit einer Serie von Explosionen im Januar und Februar dieses Jahres gegen das örtliche Büro des MSI ermittelt hat. Ein Abschlußbericht darüber wurde bisher nicht veröffentlicht, ein Sprecher der Polizei gab nur bekannt, daß die Ermittlungen normal weiterliefen.
>
> Die örtlichen Funktionäre des MSI haben sich bislang geweigert, zu der Abspaltung Stellung zu nehmen, ein Sprecher der Democrazia Cristiana ließ jedoch verlauten, daß es sich bei der neuen Gruppierung um »übereifrige Faschisten« handele. In Regierungskreisen in Rom wird befürchtet, daß diese neue Entwicklung in der vorher bereits delikaten politischen Situation des Landes die Meinung des Auslands negativ beeinflussen könnte.

Das weiße Puzzle begann Konturen anzunehmen. Die Abspaltung der neuen Partei war aller Wahrscheinlichkeit nach der Grund, weshalb man so vorsichtig mit mir umgegangen war. Nach meiner Flucht würde man, aus demselben Grund, die Samthandschuhe wohl ablegen. Ich hatte das bohrende Gefühl, daß Dixons Tod etwas mit der neuen Partei zu tun hatte, nicht politisch, aber an einem neuralgischen Punkt. Für mich jedoch war es Zeit auszusteigen. Dixon war tot. Ich konnte das Boot behalten. Worauf immer Timonetti aus sein mochte, soweit es mich betraf, konnte er seinen Weg gehen.

Das Geld war angekommen, aber ich mußte darum feilschen. Man wollte es mir ohne Identifizierung durch meinen Paß nicht aushändigen. Nach zehn Minuten fruchtlosen Palavers hatte ich endlich einen Geistesblitz. Ich nahm meine Uhr ab und zog das Armband heraus. Auf der Rückseite der Uhr war etwas eingraviert: *»Capitano Farne Croce di Guerra – Partigiani 195 – Ottobre 1943.«* Das genügte.

Es gab zwei Taxis in Borgio, und ich suchte mir das kleinere Übel aus, einen Lancia Aprillia von 1940. Das ist das Modell, bei dem man den Schaltknüppel bei jedem dritten Mal Schalten lose in der Hand hat. Der Chauffeur konnte gleichzeitig fahren, ununterbrochen reden und den Schaltknüppel wieder festdrehen, ohne hinzusehen. Er hatte einmal eine Tour nach Piacenza gehabt, aber das hier war das Ereignis seines Lebens. Ein Kunde, der bis nach Mailand wollte. Er stammte aus Sizilien und war kurz nach dem Krieg in den Norden gekommen, in eine der stinkenden Vorstädte von Mailand. Binnen fünf Jahren war er zu einem versierten Automechaniker geworden und hatte schließlich ein Mädchen aus Piacenza geheiratet. Er lebte jetzt seit dreizehn Jahren in Borgio und war sein eigener Herr. Nachdem er seine Lebensgeschichte zu Ende erzählt hatte, fragte ich ihn, was er von der neuen Partei halte. Er pfiff durch die Zähne, lehnte in seinem Sitz zurück und führte mit der Hand jene hackende Bewegung aus, die die Fähigkeit der italienischen Arbeiter ausdrückt, gleichzeitig schockiert und beeindruckt zu sein.

»Er ist ein großer Mann, dieser Timonetti. Aber ich kann Ihnen sagen, diese Leute sind noch faschistischer als Musso. Die Abspaltung war eigentlich schon vor sechs Wochen dran. Das haben jedenfalls die Zeitungen damals geschrieben.«

»Was haben sie vor, was das MSI nicht mitmacht?«

Er lachte auf. »Nicht viel, ehrlich, aber sie wollen es gleich und sofort. Das MSI hat zu lange nur geredet – niemand glaubt mehr dran. Timonetti und seine Kumpel haben die Polizei und die Armee auf ihrer Seite. Erinnern Sie sich an Mussolinis Spruch ›Besser ein Jahr ein Löwe sein als ein Jahrhundert ein Schaf‹? Das paßt genau. Die Leute haben genug von der Inflation, von den Priestern, den Streiks und den Reichen. Und sie werden jedem zuhören, der ihnen verspricht, mit alldem in ein paar Monaten Schluß zu machen.«

»Warum aber das Abkommen mit den Kommunisten?«

Er zuckte die Achseln, indem er die Hände zu Hilfe und vom Steuer wegnahm. »Sie brauchen sich, Signore. Und jeder glaubt, er würde den anderen benutzen.«

Als wir den Stadtrand von Mailand erreichten, machte ich ihm noch eine Freude und sagte ihm, er solle den Ring entlang und von Osten in die Stadt hineinfahren. Er war begeistert, als er den neuen Flughafen Forlani sah. Ich dirigierte ihn zu der großen Tankstelle an der Viale Cornica, und er warf mir immer noch Handküsse zu, während er verbotenerweise kehrtmachte und in Richtung Borgio, zurück zu Frau und Heim, entschwand.

Ich nahm den Bus zum Hauptbahnhof und ging zum Postamt hinüber. Für mich lag ein dickes Kuvert bereit, und ich setzte wieder die Uhr ein und gab vor, meinen Paß im Hotel gelassen zu haben. Der Name des Hotels gab den Ausschlag. Danach kaufte ich eine bequeme Hose und zwei Hemden und gönnte mir ein ausgiebiges Essen. Es war inzwischen fast acht Uhr. Das Paßfoto sah mir nicht im entferntesten ähnlich, strahlte aber wenigstens den Eindruck von Echtheit aus. Mein Name war jetzt Sean Burke, was in meinen Ohren nicht allzu irisch klang, und ich war mit einem Schlag drei Jahre jünger geworden. Nachdem ich die Ankunftszeiten der Flüge aus London überprüft hatte, schrieb ich mich zwanzig Minuten später in einem Hotel in einer kleinen Nebenstraße der Viale Brianza ein. Ich badete, rasierte mich und bestellte per Telefon beim Portier eine Zeitung, ein Fernsehgerät und eine Flasche Coronata. Morgen würde ich mich bei Mama Mondadori melden und mich mit Tammy am Flughafen verabreden, dann wären wir spätestens übermogen auf meinem Boot in Chichester. Mario könnte die Fjord in Santa Margherita für mich verkaufen. Wir würden ein oder zwei Wochen in Chichester verleben, danach in Richtung Honfleur tuckern und weiter die französische Küste entlang und einen Monat in der Bucht von Morbihan kreuzen. Ich hatte gelernt, mich nicht zu sehr auf eine bestimmte Frau zu versteifen, aber ich mochte Klein Tammy, und ich mochte, was sie mich tun ließ. Man würde sehen, wie es lief.

Das Fernsehen zeigte eine halbe Stunde lang Höhepunkte aus einem Freundschaftsspiel zwischen Juventus und Atletico. Es gab keine Tore, fünfundvierzig Fouls und eine Menge schöner Aktionen. Dann kamen die Nachrichten. Der EG-Ministerrat in Brüssel hatte über die Regionalunterstützungen beraten, wobei besonders Nordostengland und Süditalien rühmliche Erwähnung fanden. Eine Alitalia-Maschine hatte beim Anflug auf Fiumicino einen Beinahezusammenstoß mit einem Privatflugzeug gehabt. Dino Timonetti war zu wichtigen Verhandlungen in Rom eingetroffen und hatte mit aggressiv vorgestrecktem Habichtsgesicht bittere Kommentare zur Regierungspolitik abgegeben. Johlende Anhänger, die seine Anwesenheit offenbar in reinsten Überschwang versetzt hatte, versuchten an ihn heranzukommen, während die Polizei ihm eine Gasse für seinen triumphalen Abgang schuf. Der italienischen Flotte war ein herzliches Willkommen bereitet worden, als sie nach dem Abschluß von NATO-Manövern in Taranto einlief. Danach gab es ein nettes Interview mit einer hundertjährigen Neapolitanerin, und ich hatte mich schon vorgebeugt, um das Gerät auszuschalten, als das Handkamerabild einer Straße erschien, die ich kannte, dann ein Hauseingang, den ich ebenfalls kannte. *Carabinieri* hielten eine kleine Ansammlung von Zuschauern zurück, während man eine Trage aus dem Haus und zum Heck eines Krankenwagens brachte. Eine weinende Signora Mondadori wurde zu jenem Streifenwagen eskortiert. Die Reporterstimme berichtete, daß eine englische Touristin unter rätselhaften Umständen ermordet worden sei. Die Inhaberin der Pensionen würde bei der Polizei ihre Aussage machen. Der Name des Mordopfers sei von der Polizei noch nicht bekanntgegeben worden.

Die ganze Anstrengung des Tages ballte sich in mir zusammen, mein Herz pochte wild, während meine Hände sich um die hölzernen Armlehnen verkrampften. All meine Frechheit, mein ganzes gepriesenes Selbstvertrauen verdampften. Ich fühlte mich, als wäre ich aus Stein, kalt und unbeweglich. Dann packte mich rasende Wut, und meine Fäuste sehnten sich nach etwas, das sie zertrümmern konnten. Etwas menschlich Warmes, etwas Italienisches. Die Hundesöhne hatten nicht abwarten können, was ich tun würde. Nachdem sie mich verloren hatten, mußten sie mir eine Lektion erteilen. Sie hatten das Mädchen umgebracht, kaltblütig und gnadenlos. Ohne vorherige

Drohung, ohne Verhandlungsangebot. Ein Fingerschnippen und sie war tot. Wo immer ich sein mochte, ich würde die Botschaft schon erhalten.

Ich brauchte Bewegung und hastete durch die abendlichen Straßen, ohne die Menschenmenge um mich herum wahrzunehmen. Schließlich fand ich mich auf der Piazza del Duomo wieder. Der Dom war angeleuchtet, und die gotischen Spitzbögen jagten Fontänen aus kaltem Stein in den Himmel, gefroren zu Kreuzblumen und filigran durchbrochenem Flechtwerk, zerbrechlich pompöse Zeugnisse der Anbetung. Ich ging langsam über den Platz, wobei an den Ketten, die den Verkehr abhielten. Scharlachrote Tücher verhängten die Türen, und an einem Türknauf hing ein Bastkorb eines Arbeiters. Ich war, wo ich, ohne es zu wissen, hingewollt hatte. Eine kleine Tür im großen Bronzetor stand offen, und ich ging hinein. Das Deckengewölbe lag im Dunkeln. Das gelblich-orange Licht der dicken gelben Kerzen auf beiden Seiten des Kirchenschiffs reichte nicht so weit. Ich setzte mich auf einen für Behinderte reservierten Platz und beugte den Kopf, um Ruhe und so etwas wie Frieden zu finden. Da ich nichts davon fand, begann ich zu beten. Die verdrehten, konfusen Gebete derer, die nur beten, wenn sie verzweifelt sind. Ich betete für Tammy Walton und versprach die unmöglichsten Dinge, wenn sie dadurch nur glücklich werden könnte. Ich betete für mich selbst und mißbrauchte schließlich das Gebäude und den Gott, für den es errichtet worden war, indem ich ihn darum bat, mir bei der Ermordung von Dino Timonetti zu helfen. Es gab keinen Trost für mich an diesem Abend, und ich verließ den Dom genauso, wie ich ihn betreten hatte, wüst und leer.

Auch Schlaf fand ich keinen. Ich lag auf dem Bett in dem fremden Zimmer und versuchte, nicht daran zu denken, wie Tammy von ihren Mördern überrascht worden war und voller Todesangst um ihr Leben gebettelt hatte, bis sie sie umbrachten. Ich wußte nicht, wie sie gestorben war, so daß ich die furchtbarsten Szenen vor mir sah.

Ich mußte schließlich doch noch eingeschlafen sein, denn das Klopfen des Kellners, der mir das Frühstück und eine Zeitung brachte, ließ mich wie von der Tarantel gestochen hochfahren. Zwei, drei Absätze auf einer der inneren Seiten galten Tammy. Man gab ihren Namen an und berichtete, daß ihr Leichnam heute nach England zurückgeflogen werden sollte. Mr. James Bravington, ein Börsenmakler und ihr Stiefvater, hatte mit Hilfe des englischen Konsulats die nötigen Formalitäten erledigt. Die Mailänder Polizei setze ihre Untersuchung fort. Die Autopsie habe ergeben, daß sie an mehreren Messerstichen gestorben war. Von irgendwelchem Bedauern war nirgendwo die Rede.

Ich badete und rasierte mich. Dann setzte ich mich in einen der Sessel und überlegte, was zu tun war. Timonetti mußte alle meine Verbindungen aus den Tagen des Partisanenkampfs verfolgt haben, um das Netz um mich herum zusammenzuziehen und herauszufinden, wer mich aus England begleitet hatte. Und jetzt plötzlich fügte sich ein Stück in das Puzzle ein, das ich schon die ganze Zeit über in der Hand gehabt, aber vergessen hatte. Ich hatte Mavis Travers gefragt, ob D. T. der Boss wäre, und sie hatte mit ja geantwortet. Es *gab* also eine Verbindung zwischen der Einbrecherbande und Timonetti. Warum? Welchen Nutzen hatten sie voneinander gehabt?

9

In den Mittagsnachrichten hieß es, die Polizei suche im Zusammenhang mit dem Mord an dem englischen Mädchen in Mailand nach einem Engländer. Ein Name wurde nicht genannt, aber eine ziemlich genaue Beschreibung von mir gegeben. Timonettis Leute verschwendeten keine Zeit. Die Polizei würde die Bahnhöfe und Flugplätze überwachen.

Es gab jemanden in Mailand, der mir jetzt von Nutzen sein konnte. Gianni Podoni. Gianni Podoni war ein Dieb. Er war in Neapel geboren und übte sein Handwerk aus, seitdem er zehn war. Als ich ihn kennenlernte, war er vierundzwanzig. Er war mit zweien seiner Männer von La Spezia heraufgekommen, um sich mit leichten Maschinengewehren und Munition zu versorgen. Er war groß und auf attraktive Weise häßlich und schon damals dabei, eine Menge Geld zu machen. Aber seine Partisanengruppe operierte äußerst erfolgreich gegen die Deutschen, was darauf schließen ließ, daß Gianni ein skrupelloser und fähiger Organisator war. Männer, die doppelt so alt waren wie er, führten seine Befehle aus, als kämen sie vom Herrgott selbst. Er war der geborene Anführer – und ein geborener Dieb. 1943, als die Italiener zu Verbündeten wurden, hatte er schon ein gutfunktionierendes Schwarzmarktnetz über ganz Norditalien gelegt. Anfang '44 wurde er deshalb von der Militärregierung aufgegriffen und angeklagt. Kein italienischer Anwalt hätte ihn gegen den rechtschaffenen Zorn der

Militärregierung verteidigt. Ungefähr zur gleichen Zeit hatte das Verteidigungsministerium für alle Soldaten, die zwei Jahre lang in Kairo geschmachtet hatten, eine besondere Möglichkeit zum Abgang namens »Python« ausgeheckt. Also reichte ich meinen Python-Abschied ein und nahm, mit inoffizieller Rückendeckung durch einen Kumpel in der Militärgerichtsabteilung, alles auf meine Kappe. Nach drei Wochen war keinem mehr klar, ob man nun mich oder Gianni verfolgen sollte, und die Sache wurde aufgegeben. Es gibt nichts Entnervenderes für einen fähigen Ankläger, als gegen einen skrupellosen Amateur anzutreten, der sich einen Dreck um das Gesetz oder das Gericht schert. Danach kam es noch zu einem zweiten Verfahren gegen Gianni, diesmal wegen Zuhälterei in Florenz. Ich wartete damals in London darauf, nach Deutschland zu gehen, und schickte der zuständigen Stelle in Florenz eine Liste mit den Zeugen der Verteidigung, und damit war auch die zweite Anklage vom Tisch. Das alles hatte mir nicht viel Mühe bereitet und hatte zur Folge, daß man mich nicht für eine militärische Auszeichnung vorschlug und daß Gianni mir die Partnerschaft bei seinen prosperierenden Unternehmungen anbot. Ich hatte ihn nach dem Krieg zwei- oder dreimal wiedergesehen; er war derselbe leichtlebige Gauner geblieben, nur daß er inzwischen maßgeschneiderte Anzüge trug und seine Organisation formeller geworden war. Ähnliches galt für seine Mädchen.

Das letzte Mal hatte ich ihn in einer piekfeinen Wohnung in der Via Torino besucht. Also fragte ich bei der Telefonauskunft nach, aber dort war kein Podoni registriert, bis auf eine Abfüllfirma für Cola, und die lag weit außerhalb zwischen Monza und Lecco. Trotzdem telefonierte ich mit dem Direktor. Ja, Signor Podoni sei der Inhaber und Präsident der Firma, aber er käme nur zu den monatlichen Vorstandssitzungen zu ihnen, und nein, er könne mir keine Privatnummer geben. Auch wenn er es könnte, würde er sie mir nicht geben. Als ich ihn fragte, ob Signor Podoni noch in der Villa Torino wohne, antwortete er nicht sofort; daraus schloß ich, daß das der Fall war.

Wenn die Polizei alle meine alten Verbindungen überwachte, hatte sie die Via Torino sicherlich nicht ausgespart. Also setzte ich mich in das Café gegenüber der Kirche und beobachtete Giannis Haus. Zwei *carabinieri* standen zu beiden Seiten des Haupteingangs und schwatzten mit dem Portier. Es war eine Parkverbotszone, und der auffällige weiße Lincoln direkt vor dem Haus roch sehr nach Freund Gianni.

Als der Kellner mir einen neuen Kaffee brachte, fragte ich ihn, ob er Gianni Podonis Wohnung kenne. Er schüttelte den Kopf. »Nein, Signore. Hab noch nie von ihm gehört.«

Ich nehme an, daß es ein paar Mailänder gibt, die noch nie von Gianni Podoni gehört haben, aber der Kellner gehörte nicht zu ihnen. Ich zählte fünf Tausend-Lire-Scheine ab und schob sie ihm über den Tisch. »Ich möchte, daß Sie ihm eine Nachricht überbringen. Okay?«

»Das läßt sich machen, Signore. Haben Sie sie schon aufgeschrieben?«

»Es ist nichts Schriftliches. Nur eine Nachricht.«

»Okay, Signore.«

»Sagen Sie ihm einfach *›Io voglio fischiatar‹*. Und erzählen Sie ihm, wo ich bin. Falls die Bullen fragen sollten, Sie kommen auf Signor Podonis Anruf hin. Um eine Bestellung aufzunehmen. Verstanden? Und wenn Sie zurückkommen, bedienen Sie erst jemand anderen, ehe Sie mit mir sprechen.«

Er nickte und ging, um sein Jackett zu holen. Ich sah ihm nach, wie er die Straße überquerte. Die *carabinieri* sprachen ihn nicht an, sondern nickten nur, als er an ihnen vorbei die Stufen hochging.

Vor vielen Jahren, 1944, hatte die Truppenbetreuung in Florenz einmal für Soldaten und Einheimische eine Party organisiert, mit Show und allem, was sonst noch dazugehörte. Damals war auch eine ausnehmend hübsche Sängerin aufgetreten, die über den Aufruhr, den sie hervorrief, sehr verdutzt gewesen sein muß. Sie hatte ein nettes Liedchen aus *Schneewittchen und die sieben Zwerge* gesungen – »Whistle while you work« –, und irgendein eifriger Impressario hatte mit Hilfe eines Wörterbuchs einen italienischen Vers angehängt. Allerdings hatte ihm niemand verraten, daß im Italienischen das Wort für »whistling« – pfeifen – auch noch für etwas anderes, weit Aufregenderes stand, und als sein Schützling auf der Bühne ahnungslos die Zeile *»Io voglio fischiatar«* – als Übersetzung von »Alles, was ich will, ist pfeifen« – von sich gab, war es zunächst eine Sekunde mucksmäuschenstill im Saal, ehe die anwesenden Italiener in donnernden Applaus ausbrachen. Das arme Mädchen mußte das Gefühl gehabt haben, den ersten Vorgeschmack auf den Ruhm eines Hollywoodstars zu erleben. Und niemand hatte lauter geklatscht als unser Gianni.

Es dauerte fast zwanzig Minuten, bis der Kellner zurückkehrte, und während er sein Jackett weghängte, sah ich, wie Gianni die Stufen herunterkam. Er war in Begleitung einer Frau und eines anderen Mannes. Der Portier hielt die Autotür offen, während Gianni mit den *ca-*

rabinieri lachte. Der große weiße Lincoln fuhr mit durchdrehenden Hinterrädern an und hinterließ eine Staubwolke über der Straße. Der Kellner kam nicht zu mir, aber fünf Minuten später hielt ein Taxi vor dem Café; der Fahrer stieg aus, sah sich kurz um und eilte dann auf mich zu.

»Signore Podoni sagt, Sie kommen mit mir.«

Wir fuhren gemächlich den Corso Ponte Romana entlang und dann, wo er in den Corso Lodi mündet, in ein Gewirr von Nebenstraßen. Wir passierten den Obstmarkt und fuhren unter der Autostrada hinweg. Kurz nach dem Ponte Lambro sah ich den weißen Lincoln im Scheinwerferlicht des Taxis aufblinken, und wir hielten direkt hinter ihm. Gianni hatte an seinem Wagen gelehnt und auf mich gewartet; jetzt kam er zu meinem Taxi, öffnete die Tür und stieg ein, indem er mir seine Pranke entgegenstreckte.

»Mein Gott, Max, das ist wunderbar! Was zum Teufel hast du in dieser Gegend zu schaffen? Und wieso die ganze Geheimnistuerei?«

»Ich bin in Schwierigkeiten, Gianni. In echten Schwierigkeiten.«

Sein großes, häßliches Gesicht verzog sich zu einem Grinsen. »Großartig, wunderbar. Was kann ich dabei tun?«

»Die Polizei ist hinter mir her, Gianni.«

Er lachte auf; seine Zähne waren noch genauso groß und schief wie früher. »Kleine Fische, *ragazzo.* Das habe ich bald erledigt. Weshalb wollen sie dich haben?«

»Ich werde wegen Mordes gesucht, Gianni.«

Bei jedem anderen hätte ich jetzt erklären müssen, daß es nicht stimmte und daß ich es nicht getan hatte. Aber nicht bei Gianni.

»Ah ja? Wen hat es erwischt, *amico*?«

»Wart ab. Es kommt noch dicker. Ich habe mich mit einem Typen namens Timonetti angelegt.«

Die kleinen Schweinsäuglein verengten sich etwas, aber das Grinsen blieb. Er war mittlerweile ein Profi geworden. Er schlug sich mit der flachen Hand auf den Schenkel und lachte vergnügt. »Das mag ich so an dir. Du mußt immer gleich ganz oben anfangen. Worum geht es?«

Ich gab ihm eine zehnminütige Zusammenfassung, und er stellte mir ein paar Fragen. Dann schwieg er eine Weile, und als er den Mund wieder aufmachte, hatte ich den Eindruck, daß er etwas mehr Zeit zum Nachdenken brauchte.

»Wo hast du dich verkrochen?«

Ich sagte es ihm.

»Okay, du fährst jetzt mit dem Taxi zurück, packst deine Sachen ein und kommst in meine Wohnung.«

»Was ist mit den *carabinieri*?«

Er lachte wieder; es klang wie der Löwe von MGM. »Da mach dir mal keine Sorgen, Mann. Schließlich leben diese Mistkerle nicht schlecht von mir.« Er griff nach dem Türöffner, drehte sich aber noch einmal um. »Ich freue mich, dich zu sehen, Max. Alles, was ich habe, gehört dir.« Einen Augenblick dachte ich, er würde mir einen Kuß geben, wie die Juventus-Spieler es tun, wenn einer ihrer Mitkämpfer den Ball in den Kasten befördert hat. Er zögerte kurz, lachte noch einmal und stieg aus.

Ich holte meinen Kram aus dem Hotel und bezahlte die Rechnung. Dann fuhren wir in die Via Torino zurück. Die *carabinieri* waren verschwunden, und der Taxifahrer begleitete mich die Eingangstreppe hinauf. Ein hübsches Mädchen in einem weißen Drehsessel blickte auf, als ich durch die Pendeltür kam, und musterte mich von oben bis unten, ehe sie lächelnd aufstand.

»Signor Max?«

Ich nickte.

»Gianni erwartet Sie.«

Ich folgte ihr in den siebzehnten Stock. Sie drückte zweimal auf den Klingelknopf, woraufhin uns ein Mann öffnete, der genauso aussah und gekleidet war wie der archetypische englische Butler.

»Guten Abend, Sir. Darf ich Ihnen Ihr Gepäck abnehmen?« Es *war* ein englischer Butler. Und es schien ihm nicht das geringste auszumachen, sich meine alten, fadenscheinigen Jeans und zwei dreckige Hemden über den Arm zu hängen. Das Mädchen schaute uns lächelnd zu. Dann führte sie mich einen schmalen Flur entlang und öffnete eine Tür.

»Das ist Ihr Apartment, Signore. Signor Podoni wird in einer Minute bei Ihnen sein.«

Das Apartment bestand aus einem großen Wohnraum, einem Schlafzimmer mit Doppelbett und einem Badezimmer. Die Einrichtung war gemütlich und modern; ich hatte ein Radio, einen Fernseher und einen wohlgefüllten Kühlschrank. Ich ließ mir ein heißes Bad ein, und als Gianni kam, setzte er sich auf den Toilettendeckel und schnippte die Zigarettenasche ins Waschbecken.

»Ich habe einen Mann ins Napoleone geschickt, um sich dort einmal umzusehen. Die Polizei hat deinen Paß. Das wird sie ein bißchen beruhigen. Außerdem habe ich einen Mann auf die Geschichte, die bei Mama Mondadori passiert ist, angesetzt. Timonetti ist noch in Rom, wird aber morgen abend zurückkommen. Die Polizei hat den Auftrag, dich zu verhaften und nach Turin zu einem gewissen Capitano Farese zu bringen. Er ist einer von Timonettis Handlangern.«

»Was haben sie vor?«

Er grinste. »Wenn alles gut läuft, bringen sie dich um. Wenn es Probleme gibt, werden sie dich in Turin in Einzelhaft halten und vielleicht vor Gericht stellen.«

»Aber ich kann beweisen, daß ich nicht in Mailand war, als Tammy umgebracht wurde.«

»Glaubst du, Timonetti und seine Leute werden bezeugen, daß sie dich gefangenhielten, *amico*? Niemals.«

»Warum bin ich ihnen bloß so wichtig?«

»Weil du die neue Partei zerstören könntest – La Banderia Nera.«

»Ich? Das alles kümmert mich einen Dreck.«

Er lächelte. »Du kennst zwar nicht einmal die halbe Wahrheit, Max. Aber das wissen sie nicht.«

»Du solltest mir den Rest erzählen.«

Er nickte. »Sicher, aber nicht heute abend. Du brauchst etwas Schlaf. Nur noch eins: Was hast du vor? Willst du morgen nach London zurück? Ich könnte das leicht regeln. Kein Problem.«

Ich legte die Füße auf den Wasserhahn und dachte nach, während Gianni mein Gesicht beobachtete. »Ich würde lieber bleiben. Aber das hängt von dir ab.«

»Max, ich verdanke dir alles, was ich habe. Du kannst darüber verfügen, wie du willst.«

»Auch gegen Timonetti?«

»Selbst gegen meinen besten Freund, Max. Ohne jede Einschränkung.«

Und er meinte, was er sagte, ganz ohne Schmeichelei. Es war nicht mehr und nicht weniger als eine klare, nüchterne Feststellung der Tatsachen.

»Gefällt dir das Mädchen, das dich hier heraufgebracht hat?«

»Sehr, Gianni. Aber ich glaube, ich möchte wirklich nur schlafen. Trotzdem danke für das Angebot, wenn es denn eines war.«

Er lachte auf. »Klar war es das. Ich hab noch mehr für dich, wenn du soweit bist.«

Es war Mittag, als ich aufwachte. Gianni saß in einem der großen Ledersessel und las eine Zeitung. Er trug ein blaues Baumwollhemd und blaue Hosen und sah frisch und munter aus, während ich mich müde und zerschlagen fühlte. Er sah zu mir herüber und drückte auf einen Knopf am Kopfende des Betts.

»Ciao, Max, wie geht's? Das Frühstück kommt gleich. Danach können wir reden.«

Er wartete, bis ich angezogen war, dann fing er an. »Wieviel weißt du über Timonetti, Max?«

»Nur, daß er reich, bedeutend und mächtig ist.«

»›Mächtig‹ stimmt, das andere ist nur Schaumschlägerei. Er stammt aus einer guten Familie; Kaufleute aus Livoru. Er hat eine Baufirma auf die Beine gestellt, als er fast noch ein Kind war. Dann kam der Krieg. Dino war überzeugter Faschist und wurde *capitano* bei den Pionieren. Hat in den Kolonien gedient, in Somalia und Äthiopien. In Mogadischu haben ihn deine Leute gefangengenommen, und er schaffte es, auf einem der Lazarettschiffe, die Zivilisten repatriierten, nach Italien zurückzukehren. Er wurde zur Polizei versetzt und kletterte die Leiter hinauf. Dann machte es peng. Wir waren nicht mehr im Krieg. Deine Leute und die provisorische Regierung griffen sich die *fascisti*, und Timonetti war erledigt. Keine Arbeit, kein Geld, kein Einfluß, keine Familie, nichts. Er arbeitete einige Zeit in einer Tankstelle, doch irgend jemand ließ etwas über sein Vorleben verlauten, und so verlor er auch diese Arbeit. Vielen anderen erging es damals ähnlich; eine Menge alter Rechnungen wurden beglichen. Mit der Zeit fanden sie zueinander, diese Gestalten ohne Hoffnung und Zukunft. Timonetti handelte auf dem schwarzen Markt. Es reichte gerade zum Leben, und langsam beruhigte sich die Situation. Der Krieg war vorbei, und man ging wieder zum Alltag über und wollte vergessen. Bis auf Timonetti und seine Freunde. Sie arbeiteten mit den Kommunisten zusammen und kamen nach und nach wieder zu Einfluß. Sie konnten zwar nichts bewirken oder verändern, aber doch einiges verhindern. Sie schickten ihre Leute in die Bereiche, die zählten, die Polizei, die Armee, die Ministerien und so weiter. Niemand unternahm etwas gegen sie. Man hielt sie für unwichtig, und einige waren sogar der Meinung, sie wären unfair behandelt worden.

Timonetto aber war immer noch draußen. Mit einer Menge Einfluß, aber ohne Geld. Von irgend jemandem bekam er zwar immer genug zum Leben, aber das waren nur Almosen. Dann kam er mit jemandem aus einem der Ministerien ins Geschäft und begann Schmiergelder für die Vergabe von Import- und Exportlizenzen zu kassieren. Wenn du in Italien etwas verkaufen willst, brauchst du eine Importlizenz, und die bekommt man aus unerfindlichen Gründen erst, wenn man sich mit Dino Timonetti geeinigt hat. Er sahnt nicht schlecht ab dabei. Einige der Firmen müssen gar nicht so große Summen zahlen. Sie wissen oft nicht einmal, daß sie Schmiergelder zahlen. Dino hat es ihnen, als Geschäftspartner und Makler vor Ort, abgenommen. Das klappt ganz großartig. Nur daß Dino ihnen ständig im Nacken sitzt und die Luft abschnüren kann, wann immer er will. Begreifst du jetzt, was gespielt wird?«

»Und das ist Dixon zugestoßen?«

»Sicher. Dixon war ein kleiner Fisch. Sein Geschäft hier, mit Dino als Mittelsmann, ließ sich gut an, und er brauchte Geld, um zu expandieren. Also begann er damit, seine Firma als Fassade für diese Londoner Bande zu nutzen. Die Ware wurde hierhergebracht, und Dino übernahm den Absatz, nicht ohne einen zusätzlichen Schnitt dabei zu machen. Am Ende waren Dixon und die Bande unter Dinos Kontrolle geraten. Es war zwar gefährlicher so, aber man schützte Dino, weil er das Geld in seine politische Gruppierung pumpte. Dann brauchte Dixon wieder einmal Geld für seine Firma, und es ist leicht zu erraten, was weiter geschah. Er hielt eine Lieferung zurück und verschiffte sie nicht. Dino setzte ihm die Daumenschrauben an und drohte ihm, das Geschäft mit ihm zu beenden. Dixon dachte wahrscheinlich, er könnte Dino überreden, ihm Aufschub zu gewähren, aber er hatte sich die falsche Zeit ausgesucht. Dinos Freunde waren gerade dabei, die neue Partei ins Leben zu rufen. Sie brauchten alles Geld, das aufzutreiben war, und konnten sich keine Extratouren leisten. Ich vermute, Dixon beging jetzt eine weitere Dummheit. Er behielt nicht nur die Beute und steckte sie in seine Firma, sondern machte sich weis, er könnte herkommen und Dino beschwatzen oder sogar damit drohen, ihn auffliegen zu lassen. Vielleicht wäre er ja damit durchgekommen, wer weiß? Daß Timonetti diesen Burschen nach Santa Margherita geschickt hat, um Dixon aufzustöbern, läßt darauf schließen, daß er noch nicht entschieden hatte, ihn auszuschalten. Ich denke, daß jemand vom Londoner Ende den Auftrag gegeben hat und daß er umgebracht wurde, weil er das einzige Verbindungsglied zu Timonetti war.«

»Und jetzt?«

»Jetzt hat Timonetti Angst, daß du ihn bloßstellst. So im Stil von: Neue faschistische Partei basiert auf Raub, Bestechung und Korruption.«

»Würde mir das denn irgend jemand glauben? Würde das wirklich Schaden anrichten?«

Gianni lachte und schüttelte den Kopf. »Das ist nicht der Punkt, *ragazzo.* Die Bandiera Nera steht noch am Anfang. In vierzehn Tagen plant sie in Rom ein großes *raggiungiamento*, und die Bombe, die dort platzen soll, besteht aus konkreten Informationen über Bestechungen und Korruption innerhalb der Democrazia Cristiana. Jeder weiß, daß es sie gibt, aber die Burschen wollen Namen nennen. Stell dir vor, *ragazzo*, die Lanzenträger des Vatikans werden dabei erwischt, wie sie ihre Hände in alle möglichen Kassen stecken. Das bringt Timonetti sämtliche faschistischen Stimmen, die kommunistischen und dazu ein paar von verschnupften CD-Anhängern. Damit hätte er es geschafft. Und da kommst du daher, stocherst überall herum und zündest Streichhölzer an, um herauszufinden, wo das Gas ausströmt.« Er seufzte und sah mich an wie ein geduldiger Lehrer einen begriffsstutzigen Schüler. »Was also willst du tun, Max?«

»Ich will die Rechnung mit Timonetti begleichen.«

Er warf mir einen abschätzenden Blick zu, dann stand er auf und breitete die Arme aus. »Er hat zwei Gorillas an deinem Boot in Santa Margherita. Das solltest du wissen. Willst du Timonetti selbst, oder soll es gegen die Bandiera Nera gehen?«

»Was hältst du von ihr?«

Er kräuselte die Lippen und zuckte mit den Achseln. »Sie ist mir egal, solange sie meine Kreise nicht stört, und das wird sie nicht. Ich kaufe mir meinen Weg frei, wer auch regieren mag.«

»Sind sie denn alle käuflich?«

»Klar doch. Und es ist gut so. Du willst etwas, oder du willst, daß etwas erledigt wird. Okay, du weißt, wen du mit wieviel schmieren mußt. In eurem System kann man nichts anfangen; man wartet ständig auf die Entscheidung irgendeines Gremiums, und wenn man sich an die Politiker heranmacht, hat man sich vielleicht gerade die falschen ausgesucht und ist am Schluß der Geleimte. Hier machen die einen eben in Politik, während die anderen ihren Geschäften nachgehen. Und wer auch an der Macht ist, er wird bezahlt. So einfach ist das. Also, du willst Timonetti. Gut, meine Jungs erledigen das. Mach dir deswegen keine Gedanken mehr, *amico.*«

»Ich will es selbst tun, Gianni.«

Er schüttelte den Kopf. »Das wäre dumm, *amico.* Laß uns das erledigen. Du kannst inzwischen einen Kranz aussuchen.«

»Ich will es trotzdem tun.«

Er ging zum Fenster hinüber, lehnte sich an den Rahmen und sah hinaus. Dann drehte er sich um und winkte mich zu sich. Wir blickten über hundertjährige rote Ziegeldächer, hinter denen sich die in der Sonne glitzernden weißen Aufbauten des Doms erhoben, und weiter über Dächer, ein paar moderne Wohnblocks und schließlich auf die Alpen, die so hoch waren, daß es aussah, als reichten sie bis an die Stadt heran; sie erstreckten sich über den gesamten Horizont, mit tiefblauen Vorbergen, heller blauen Hängen und funkelndweißen Kämmen, die sich hier und da öffneten und den Blick auf schneebedeckte Gipfel freigaben, die sich immer weiterstaffelten, bis sie im grauen Dunst in den Himmel übergingen. Während ich das Panorama bewunderte, legte mir Gianni die Hand auf die Schulter. »Wir werden ihn zusammen erledigen. Du und ich.«

Ich sah Gianni erst am Abend wieder. Wir aßen in seinem Apartment, und der Butler bediente uns. Gianni hatte offenbar keine Angst, daß irgend jemand aus seiner Organisation reden könnte.

»Wieviel wußtest du vorher schon über Timonettis Londoner Verbindungen?« fragte ich ihn.

»Nicht viel. Man redete zwar darüber, daß er sich mit einer gutorganisierten Londoner Gruppe zusammengetan hätte. Aber das interessierte hier niemanden, solange er das Strickmuster nicht nach Italien übertrug. Ich habe natürlich eine Menge mehr herausbekommen, als ich ihn gestern genauer unter die Lupe genommen habe.« Er sah mich über den Tisch hinweg ernst an. »Was ich nicht mag, ist, daß OAS-Geld und ehemalige OAS-Kämpfer bei ihm gelandet sind. Seine Leute werden von Algerienfranzosen ausgebildet, und es wird gemunkelt, daß der Bombenanschlag in Verona letzte Woche auf ihr Konto geht. Da schmeißen also Faschisten Bomben, um andere Faschisten zu töten und so den Leuten Haß auf die Kommis einzuflößen. Der ganze Verein stinkt immer mehr, je näher ich ihn kennenlerne.«

»Wie gut kennst du Timonetti?«

»Ich habe ihn ein paarmal getroffen und ihn einige Male bezahlt, weil meine Leute etwas wollten.«

»Wer liefert ihm die Waffen?«

»Ich nicht, *amico*, ich nicht. Waffen und Drogen sind nicht mein Fall.« Er grinste, während er an einer Selleriestange kaute. »Schwarzmarkt, Diebstahl, Mädchen und Glücksspiel, das ist meine Welt. Ich habe auch ein paar legale Geschäfte wie die Abfüllfabrik zum Beispiel.«

»Hast du eine Idee, wie wir bei Timonetti vorgehen sollen?«

Er schüttelte langsam den Kopf, ohne den Blick von mir zu lassen. Dann setzte er ein Grinsen auf. »Sag du's mir, *amico*.«

»Ich will, daß er alles um sich herum einstürzen sieht, bevor wir ihn uns greifen. Ich will, daß er weiß, daß ich es bin ... daß es wegen Tammy geschieht.«

»Also?«

»Also brauche ich eine Verbindung zur Presse. Jemanden, der halbwegs ehrlich ist, wenn möglich.«

Er zuckte die Achseln. »Halbwegs ehrlich? Ich weiß nicht. Aber ein der CD nahestehender Journalist dürfte sich finden lassen. Das ist billiger und sicherer. Wir geben es einfach weiter und warten ab, wer sich die Jacke anzieht.«

»Haben wir genug, um Interesse zu erwecken?«

»Das will ich meinen. Aber deine Tammy erwähnen wir vorerst besser noch nicht. Und wir werden uns nicht hier mit ihm treffen. Du wirst ihn allein treffen, aber meine Jungs werden in der Nähe sein, für den Fall, daß es Probleme gibt.«

»Wer ist Timonettis Mädchen?«

Gianni sah beinahe schockiert aus. »Timonettis Mädchen? Nichts da, *amico*. Timonettis Mädchen sind Knaben. Du mußt da etwas in die falsche Kehle bekommen haben.«

»Sylva Pelozzi.«

»Jesus! Diese Nutte. Sie kommt aus einer sehr guten Familie aus der Umgebung des alten Königs. In Cinecittà gab man ihr die Gelegenheit zu einer Probeaufnahme und einen Vertrag. Sie war die Geliebte von einem der unabhängigen Produzenten, ließ sich aber von jedem Bock besteigen und wurde schließlich geschaßt. Timonetti hat sie als Tarnung für seine Knaben zu sich genommen und damit sie seinen politischen Gästen zur Verfügung steht. Hat sie dir etwa auch, *amico*?«

»Leider ja.«

»Ah, du hast Besseres verdient.«

Das Telefon klingelte, und Gianni hörte zu, fast zwanzig Minuten lang, nur von Zeit zu Zeit brummend. Nachdem er aufgelegt hatte, sagte er: »Timonetti und sein Anhang sind wieder in Mailand. Sehr zufrieden mit sich. Er gibt gerade eine Pressekonferenz, in der er Neuwahlen fordert. Die Parteien der Mitte seien zu lange an der Macht, sie seien ausgelaugt und spielten nur noch Karussell mit den Ministerien, indem sie sie sich gegenseitig zuschöben. Aber das Karussell würde jetzt angehalten werden. Das Schlimme ist, daß er recht hat. Morgen treten wir in Aktion.«

Als er mich zur Tür begleitete, fragte er: »Bist du schon für eine Freundin bereit?«

Ich schüttelte den Kopf und lächelte. Er legte eine Hand auf meinen Arm. »Du mochtest dieses Mädchen.« Ich nickte und ging in mein Apartment hinüber. Es würde lange dauern, bis mir die Erinnerung an Klein Tammy nicht mehr zusetzen würde.

10

Das Restaurant, das Gianni ausgesucht hatte, war ein langgezogenes, verschachteltes Gebäude mit einem weitläufigen Garten in der Nähe von Como und gehörte nicht zu den von Touristen bevorzugten Orten. Gianni hatte für uns einen Tisch im Garten bestellt. Der Lincoln war in Mailand geblieben, und der kleine Fiat, mit dem wir gekommen waren, stand, neugierigen Blicken entzogen, in der Garage des Wirts. Zwei von Giannis Männern behielten das Anwesen im Auge, und sie machten den Eindruck, als könnte ihnen nicht das geringste entgehen.

Gianni wirkte angespannt wie eine Harfensaite; er befand sich auf fremdem Territorium. Doch als der Journalist zu unserem Tisch geführt wurde, entspannte er sich, und wir bestellten das Essen. In England hätte das Geschäftliche bis zum Kaffee zurückstehen müssen, aber Gianni kam schon bei den Scampi zur Sache. Der Journalist war freischaffend und wie viele seiner Kollegen nicht gerade eine Augenweide. Er war mittelgroß, dünn und hatte hängende Schultern, die sein schmales Gesicht mit dem weichen Kinn zusätzlich betonten, so wie der modische, nach unten gezwirbelte Schnurrbart den Blick seiner sanften braunen Augen hervorhob. Seine langen, zerbrechlichen Finger waren nikotingelb. Gianni stellte ihn mir mit Achtung in der Stimme als Paolo Guarini vor, während der junge Mann auf den

Tisch starrte, als könnte mein Anblick sein journalistisches Ethos verletzen. Gianni beschrieb ihm in groben Zügen den Hintergrund der Geschichte und wartete auf eine Reaktion.

Guarini steckte sich umständlich eine Zigarette an und folgte mit seinem Blick dem Rauch, während er das Streichholz durch die Luft wedelte, als handelte es sich um das olympische Feuer, und es in die Schachtel zurücksteckte, wie es die Soldaten früher taten. Danach bequemte er sich endlich, mir einen Blick zu gönnen. »Können Sie genaue Angaben zu diesen Einbrüchen machen?«

»Ja.«

»Einschließlich der Namen der Beteiligten?«

»Einiger, nicht aller.«

Er griff in sein Jackett und suchte sich aus einem Stapel Briefumschlägen einen aus, um sich Notizen zu machen. Dann blickte er auf. »Geben Sie mir zuerst die Orte mit allem, was dazugehört, und dann die Namen.«

Während ich erzählte, unterbrach er mich nur, um sich ein Wort buchstabieren zu lassen oder die Aussprache zu üben. Am Ende fragte er: »Diese Villa, in die Sie gebracht wurden, können Sie beschreiben, wo sie liegt?«

Ich gab ihm die Anhaltspunkte, die ich gesammelt hatte.

»Wo befindet sich diese mit D. T. gezeichnete Nachricht?«

»Mit meinen anderen Sachen bei der Polizei, nehme ich an. Sie hat mein Gepäck aus dem Napoleone beschlagnahmt.«

»Welche Abteilung?«

Ich schüttelte den Kopf, und Gianni schaltete sich ein. »Die Sachen sind ins Centrale gebracht worden, aber möglicherweise nach Turin weitergegangen.«

Danach schenkte er mir einen langen matten Blick, so als würde er das bisher Gehörte abwägen.

»Und welches Interesse haben Sie an Signor Timonetti?«

»Ich interessiere mich für jeden, der meine Freundinnen ermordet.«

Er nickte. »Rache also. Ist das alles?«

»Genau.«

»Und Sie fürchten, daß Timonetti Sie ebenfalls umbringen könnte, um Sie zum Schweigen zu bringen?«

»So könnte man es ausdrücken.«

Er lächelte flüchtig, während er auf seine Uhr sah, dann sagte er:

»Sie machen eigentlich einen ziemlich robusten Eindruck, Signor Farne.« Da ich nicht darauf einging, fuhr er fort: »Sie waren der Offizier, der Signor Podoni am Ende des Krieges verteidigt hat?«

»Ja.«

»Warum?«

»Er war mein Freund.«

»Und Sie, Signor Podoni? Ist das der Grund, weshalb Sie diesem Gentleman heute helfen?«

Gianni grinste. »Natürlich nicht. Ich möchte, daß meine Landsleute anständig informiert werden.«

Guarini lächelte diesmal nicht. »Und was soll ich Ihrer Meinung nach mit diesen Informationen anfangen?«

Gianni schlug mit der flachen Hand auf den Tisch. »Paolo, ich habe Sie ausgesucht, weil Sie keine Angst vor Timonetti haben und weil Sie ein guter Journalist sind. Wir überlassen es ganz Ihnen.«

»Und was, wenn ich nichts unternehme?«

»Dann weiß ich, daß Timonetti der nächste Staatspräsident dieser Republik sein wird.«

Guarini rauchte schweigend vor sich hin, mit aufgestützten Ellbogen und zusammengekniffenen Augen. Ab und an hüstelte er und schob mit dem Daumen die Brille hoch. Schließlich blickte er zu Gianni. »Okay, Signor Podoni. Ich werde die Sache überprüfen. Und wenn sie sich bestätigt, werde ich sie in Umlauf setzen.«

Gianni nickte, ohne zu erkennen zu geben, daß er erfreut oder dankbar gewesen wäre, wischte sich mit dem Handrücken den Mund ab und lehnte sich zurück. »Sie wissen, wo Sie mich erreichen können, Paolo, wenn Sie noch etwas wollen.« Damit stand er auf. »Wann werden Sie anfangen?«

Guarini stand ebenfalls auf und antwortete lächelnd: »Bald, Gianni. Sehr bald.«

Wir blieben bis zum Abend in dem Restaurant, und es war fast Mitternacht, als wir wieder in der Via Torino eintrafen. Auf dem Tisch in Giannis Zimmer lag eine Karte in großem Maßstab, und ich beugte mich darüber, während Gianni uns einen Whisky eingoß. Ungefähr in der Mitte der Karte war Timonettis Villa eingezeichnet, wie der L-förmige Grundriß, die Höhenlinien und Wege bestätigten. Eine rote Linie schien die Grenzen des Anwesens zu markieren.

Gianni drückte mir mein Glas in die Hand und zeigte auf die Karte.

»Ich habe Fotos von der Villa machen lassen. Wir bekommen sie morgen. Außerdem habe ich einen Plan der Villa angefordert. Es ist am besten, wir greifen uns Timonetti dort. Wenn wir es hier in Mailand tun, sieht es politisch aus, und seine Gruppe wird Zeter und Mordio schreien. Draußen in der Villa wirkt es eher wie ein privater Anschlag. Aber wir sollten noch ein paar Tage abwarten und sehen, was Paolo unternimmt. Wenn die Story anfängt durchzusickern, wird Freund Dino ganz schön aus dem Gleichgewicht geraten. Er wird nach einer Möglichkeit suchen, zurückzuschlagen, ohne zu wissen, wie du es geschafft hast und wer dich deckt. Er wird sich zuerst gegen die Christdemokraten wenden oder gegen die Kommis. Und wenn er dann in seine Villa fährt, gehört er dir. Einer meiner Leute beobachtet in Piacenza seine Gewohnheiten, wenn er dort ist.«

Wir tranken aus, und ich ging in mein Apartment hinüber. Auf dem Nachttisch lagen die englischen Zeitungen vom Tage, der *Daily Express* und *The Times*. Etwas für jeden. Daneben fand ich ein ledergebundenes Buch, das eigentlich eine größere Unterlage gebraucht hätte. Ich schlug es auf, als ich im Bett saß. Auf den rechten Seiten waren Fotos von Mädchen, zwanzig an der Zahl und allesamt nackt und wunderschön. Auf den linken Seiten konnte ich ihre Maße und Spezialitäten nachlesen. Von einigen hatte ich noch nie gehört. Hier und da war etwas Latein eingestreut, um den sonst eher abwegigen Sexpraktiken einen Hauch von Respektabilität zu vermitteln. Ich verteilte Punkte an die Mädchen, und keine von ihnen kam auf weniger als achtzehn, bei zwanzig möglichen. Dann klappte ich das Buch zu und packte es zurück auf den Nachttisch. Meine beiden blau-grünen Schlaftabletten lagen neben einem Glas Wasser auf einem kleinen Silbertablett mit Klauenfüßen. Ich behielt sie gedankenverloren auf der Zunge, bis sich ihr bitterer Geschmack bemerkbar machte und ich sie hastig hinunterspülte. Als sie sich mit dem Whisky vermischten, wurden meine Beine schwer, und es kostete mich einige Anstrengung, sie aufs Bett zu hieven, während ich in das gnädige Vergessen einsank, in dem sich die Vorstellung eines blitzenden Messers, das in jugendliches Fleisch getrieben wurde, langsam aufzulösen begann.

Gianni hatte jemanden zum Flugplatz geschickt, um die Ankunft des ersten Alitalia-Flugs aus London abzupassen. Er war gegen elf Uhr mit den neuesten englischen Zeitungen wieder in der Via Torino.

In keiner von ihnen stand etwas über Timonetti, und ich saß den ganzen Tag über in dem Apartment herum und las Steinbecks *Uomini e topi*. Am Mittag schaltete ich die BBC ein, um die Nachrichten zu hören, aber auch sie brachten nichts, ebenso der fremdsprachliche Dienst der BBC in Italienisch. Mit der Abendmaschine um neun Uhr kamen die beiden Londoner Abendzeitungen. Beim ersten Durchblättern fand ich auch in ihnen nichts, doch beim zweiten Mal wurde ich fündig. Es waren nur wenige Zeilen in der Spalte für nach Redaktionsschluß eingegangene Meldungen im *Evening Standard*. Sie waren ziemlich verschmiert und gerade noch lesbar.

LONDONER BANDE MIT VERBINDUNGEN NACH ITALIEN?

Ein Bericht aus Rom läßt eine Verbindung zwischen einer Londoner Einbrecherbande großen Zuschnitts mit italienischen Politikern in Mailand vermuten. Einzelheiten darüber werden innerhalb der nächsten 24 Stunden erwartet.

Ich schaltete wieder das Radio an, um die Zehn-Uhr-Nachrichten der BBC zu hören, aber die Tante war vorsichtig wie eh und je und wollte vermutlich selbst erst ein bißchen recherchieren, bevor sie einer derart vagen Meldung den Stempel ihrer Autorität aufdrückte. Doch was zählte, war, daß Guarini so rasch in Aktion getreten war.

Gianni rüttelte mich gegen vier Uhr früh wach. Er grinste mich breit an, während er auf die Titelseite von *La Stampa* zeigte. Eine dicke Schlagzeile verkündete: *»Il partito nuovo accusato«*; darunter war ein längerer Artikel abgedruckt. Er enthielt zwar keine Namen, dafür aber eine Liste von rund zwanzig Einbrüchen in England und den Verdacht, daß wichtige Mitglieder der neuen Partei darin verwickelt waren. Ein Sprecher der Democrazia Cristiana hatte eine trotz aller Vorsicht recht scharf geratene Stellungnahme abgegeben, während der Parteisekretär der Bandiera Nera sich geweigert hatte, auf dieses »Lügengespinst« zu antworten, und Scotland Yard hatte erklärt, die Angelegenheit werde verfolgt, falle aber in die Zuständigkeit der italienischen Polizei. Zum Abschluß wurde angedeutet, daß weitere Enthüllungen folgen würden.

Am Abend hatte es der *Corriere della Sera* zu seiner Hauptmeldung erkoren. Er beschwerte sich, daß die Mailänder Polizei der Öffentlichkeit Informationen vorenthalte, und forderte eine unabhängige Untersuchung der Affäre. Die beiden Londoner Abendzeitungen hatten nur wenige Absätze unter den Auslandsmeldungen für sie übrig, und die BBC erwähnte sie nicht einmal.

Gianni kam gegen acht Uhr zu mir. Er hatte gerade die Fotos und den Plan der Villa erhalten. Es waren Luftaufnahmen aus einem Hubschrauber und Ansichten von verschiedenen Seiten, die offenbar mit starken Teleobjektiven aufgenommen worden waren. Der Plan des Hauses war sehr genau; die Leitungen des Dieselgenerators waren rot und die Telefonkabel grün eingezeichnet, und er gab sogar einen Großteil der Möblierung wieder.

Gianni hatte sich aufs Bett gesetzt und wartete, bis ich alles durchgesehen hatte, dann sagte er: »Es funktioniert, Max. Timonettis Wohnung ist den ganzen Tag über von Reportern und Fernsehteams belagert worden. Er hat seine Ruhe sehr schnell verloren und erst die Polizei und dann seine Mitstreiter mit Vorwürfen überhäuft. Die Versammlung nächste Woche in Rom ist abgesagt. Avvocato Franceschini war zwei Stunden bei ihm; danach hat er so gut wie jeden mit strafrechtlichen Schritten bedroht, von den Zeitungen bis hin zum Staatspräsidenten. Um vier ist er dann, von einem Schwarm Reporter und Fotografen verfolgt, zum Flugplatz gefahren und mit einem Privathubschrauber in Richtung Schweiz abgeflogen. Alle Welt denkt jetzt, er hätte sich nach Zürich abgesetzt. Der Pilot hatte auch einen Flugplan mit den Zielen Zürich und Wien eingereicht, drehte dann aber kurz vor der Grenze ab und flog zurück, um etwa fünf Kilometer von der Villa entfernt zu landen. Von dort fuhr Timonetti in einem Fiat-Lieferwagen zu seiner Villa. Er igelt sich ein, Max. Wir haben ihn, wo wir ihn haben wollten.«

»Wann machen wir es?«

»Morgen. Morgen nacht. Wir fahren früh morgens raus, behalten den Tag über alles im Auge und greifen ein, wenn sie sich schlafen gelegt haben.«

»Wie viele Leute willst du einsetzen?«

»Zwei Fahrer, zwei Autos und außer dir und mir noch drei Männer.«

»Werden wir Walkie-talkies haben?«

»Sicher. Es wird keine Probleme geben. Nur noch eins, Max.« Er klang verlegen.

»Was?«

»Du solltest dich mit der alten Dame – Mama Mondadori – treffen; sie macht sich schwere Vorwürfe wegen des Mädchens. Sie denkt, sie hätte dich enttäuscht, und will dich unbedingt sehen.«

Ich hatte gewußt, daß es irgendwann dazu kommen mußte. Ich wollte wissen, was passiert war, schreckte aber vor dem Gedanken zurück, es mir anhören zu müssen. Ich hätte lieber einen Bericht gelesen, den der Gerichtsmedizin etwa. Ich nickte Gianni zu. »Okay, Gianni, mach etwas mit ihr aus.«

Mama Mondadori war ganz in Schwarz, und ihre großen braunen Augen hatten den gejagten Ausdruck all jener Juden, Polen und Russen, die zuviel gesehen hatten, um jemals wieder glücklich dreinblikken zu können. Ich gab ihr einen Kuß und drückte sie aufs Bett. Sie hatte einen Rosenkranz in der linken Hand und brachte es nicht übers Herz, mich anzusehen. Ich hatte das Gefühl, mein Leben lang andere getröstet zu haben, wenn ich selbst Trost brauchte. Warum können wir ihn uns nicht gegenseitig geben?

»Erzähl mir, wie es passiert ist, Mama«, forderte ich sie auf italienisch auf.

Sie seufzte und blickte endlich zu mir hoch. »Max, ich trauere um das Mädchen, aber ich trauere auch für dich. Ich glaube, du warst glücklich mit ihr. Sie hatte viel für dich übrig. Ich habe viele Gebete für euch beide gesprochen. Ich weiß nicht, warum das alles passiert ist, aber ich weiß, daß es böse Menschen sind, die so etwas tun.« Sie ruckte etwas, während sie sprach, und ihre Finger strichen über das kleine Kruzifix an ihrem Rosenkranz. »Sie kamen, nachdem wir gegessen hatten. Ich war in der Küche, und als es klingelte, ging ich an die Tür. Es waren zwei Männer, nicht groß, aber der eine war sehr stark. Sie stürzten herein, und der eine hielt mir die Hand auf den Mund. Der Starke bewegte sich lautlos wie eine Katze. Er sah in alle Zimmer und ging dann die Treppe hinauf. Ich hörte, wie Tammy vor Angst aufschrie. Dann mußte ihr der Mann auch die Hand auf den Mund gepreßt haben, weil ich keine Schreie mehr hörte, nur noch den Lärm des Kampfs. Nach zehn Minuten ungefähr kam der Mann wieder herunter. Er sagte kein Wort, sondern nickte dem andern nur zu. Danach sind sie gegangen. Ich hörte noch, wie eine Autotür zugeschlagen und ein Motor angelassen wurden. Ich glaube, das waren sie.

Wahrscheinlich wußte ich, daß sie tot war. Ich hatte große Angst. Ich bin eine alte Frau geworden. Ich ging in euer Zimmer hinauf. Tammy lag auf dem Bett. Die Laken waren voller Blut, auch an den

Wänden war Blut. Es war wie im Schlachthaus. Er hatte viele Male zugestochen und sie übel zugerichtet. Sie war schon tot. Ich deckte sie mit einer Decke zu und rief die Polizei an. Sie kam sehr schnell, Max, aber mir kam es furchtbar lange vor. Es gab keine Möglichkeit, es dir zu sagen. Ich wußte nicht, wo du warst. Ich habe den englischen Konsul angerufen, aber sie haben mich nur für eine verrückte alte Frau gehalten. Sie waren sehr höflich, aber geglaubt haben sie mir nicht.« Sie sah mich an und wartete darauf, daß ich meinen Part aufsagte.

»Mama, du konntest nichts tun. Nicht das geringste. Es ist eine schreckliche Sache, und ich werde nicht ruhen, bis sie dafür bezahlt haben. Kannst du mir irgend etwas über die beiden Männer sagen? Wie sahen sie aus? Wie sprachen sie?«

Sie hob die Hände. »Sie haben nicht ein einziges Wort gesagt, Max. Aber an ihr Aussehen werde ich mich mein Leben lang erinnern. Der Mann, der mich festhielt, war älter, ungefähr fünfundvierzig. Sehr dunkle Haut und kurze Haare, wie die amerikanischen Soldaten. Schlechte Zähne, und eins seiner Ohren war mißgebildet. Mittelgroß, ein bißchen fett. Der andere war vielleicht dreißig, mit einem blassen Gesicht und einem chinesischen Bärtchen, wie es Journalisten und Rockstars tragen. Tiefschwarze Haare. Seine Augen waren wie die von manchen Tieren, braun, das heißt hellbraun, fast gelb. Er hat sich wie ein Tänzer bewegt, schnell und aalglatt und immer mit halb geballten Fäusten, die Finger ein Stück nach innen gekrümmt. Die Knöchel der rechten Hand waren geschwollen, als hätte er Rheuma. Er schien nicht nur viel Kraft zu besitzen, sondern war auch sehr wachsam, mit einem Gesicht und Augen wie ein Vogel.«

»Und sie haben überhaupt nicht gesprochen?«

»Nein, kein Wort. Nur als der mit dem Bärtchen zur Treppe ging, klang es so, als würde es ausspucken, aber ohne Spucke. Vielleicht war es ja ein Wort. Aber es klang nur wie ein Geräusch.«

»Hat er vielleicht das gesagt, Mama? *Sa!*«

Sie schlug die Hand vor den Mund und bekam ängstliche Augen. »O Gott! Lieber Gott! Ja, genauso war es. Es macht mir jetzt noch angst. Was ist es? Ein Geheimzeichen?«

»Nein, Mama. Vergiß es. Es ist nur ein ausländisches Wort. Mach dir keine Gedanken deswegen.«

»Und was wirst du tun, Max? Bleibst du bei Signor Podoni, so daß diese Leute dir nichts tun können?«

»Mach dir um mich keine Sorgen, Mama. Ich bin in Sicherheit. Ich gehe hier weg, nachdem du gegangen bist, und in ein paar Tagen fahre ich nach England zurück. Macht man dir irgendwelche Schwierigkeiten? Die Polizei vielleicht oder die *carabinieri*?«

»Nein. Signor Podoni hat alles für mich erledigt. Er hat ihnen gesagt, daß ich jetzt unter seinem Schutz stehe.«

Ich gab ihr 100 000 Lire, sechzig Pfund also, auch wenn es nach einem Vermögen klingt. Dann küßte ich sie auf beide nassen Wangen und brachte sie zu Gianni hinüber. Während ich in mein Apartment zurückging, hörte ich, wie Gianni ihr eine Geschichte über einen Priester, den sie beide kannten, und eins seiner teureren Mädchen zu erzählen begann. Ich goß mir einen Whisky ein und stellte ihn auf den Nachttisch. Dann legte ich mich aufs Bett und starrte an die Decke, in Gedanken bei der grausamen Szene kurz vor Tammys Tod. Ich dachte an ihre Angst und ihre Schmerzen und war voller Wut, schweißgebadet und kurz davor, meinen Zorn herauszuschreien.

Dann kam Gianni mit einem großen ovalen Tablett mit Essen herein. Er hatte vorhergesehen, wie ich mich fühlen würde, und wollte mich wieder ins Gleis bringen. Er stellte das Tablett auf dem Couchtisch ab und kam zu mir herüber. »Hast du etwas Nützliches erfahren, Max?«

»Das habe ich.«

»Und was?«

»Ich weiß jetzt, wen ich bei Timonetti suche. Einen Typen, der einige Zeit in Japan war oder auch in Okinawa. Ungefähr dreißig, mit einem Fu-Manchu-Bärtchen.«

»Das ist Gino. Gino Asti. Er war fünf Jahre in Japan.«

»Was hat er dort gemacht?«

»Einen Nachtclub in Tokio geführt, der einem Konsortium aus Italienern und Amerikanern gehörte. Er ist seit einem Jahr bei Timonetti. Hat irgendwelche Probleme mit seiner Rechten. Rheumatismus oder Arthritis. Die Knöchel sind geschwollen.«

Ich schüttelte den Kopf. »Das ist keine Krankheit, Gianni. Er ist Karatekämpfer. Man bekommt diese dicken Knöchel, wenn man ein Mokiwara benutzt, eine mit Stroh umwickelte Stange.«

»Hat dir Mama Mondadori das erzählt?«

»Gewissermaßen. Sie hat beschrieben, wie er sich bewegt und wie er aussieht. Und seine Hand. Außerdem hat sie gesagt, daß er so etwas wie ›Sa‹ von sich gab, bevor er hinaufging, um Tammy umzubringen.«

»Und was bedeutet das?«

»Es ist ein Wort, das Karatekämpfer benutzen, bevor sie anfangen. Es bedeutet etwa ›Los geht's‹.«

»Klingt, als sollte man dem besser aus dem Weg gehen.«

»Kannst du herausbekommen, ob er mit Timonetti in der Villa ist?«

»Sicher, ich rufe gleich an.«

Ich schaltete das Radio an, während ich wartete. Man spielte eine Instrumentalversion von »Ebbtide« mit Wellenrauschen und Möwengeschrei und Hunderten von Harfen und Geigen. Ich war wirklich zu alt für solche Spielchen.

Giannis Stimme unterbrach meine Gedanken. »Wir werden es bald wissen, Max. Er ist jedenfalls nicht in Timonettis Mailänder Haus. Nun, schauen wir, was es Gutes gibt.« Er hob die Silberdeckel von zwei Platten, und Dampf stieg auf. Das eine Gericht war *gnolotti*, mit Fleisch gefüllter Nudelteig – eine Art Ravioli für Reiche. Dazu gab es eine Schale gerösteter Maronen, im Italienischen *castagne*. Das zweite Gericht war *fileto all' Tartara*, wie man es Weltklasseschwergewichtlern am Abend vor einem Kampf eintrichtert. Zum Schluß gab es *spumoni*, einen herzförmigen gefrorenen Dessert mit kandierten Früchten.

Gianni goß gerade den Kaffee ein, als es klopfte. Er rief: *»Si venga«*, und ein Mädchen steckte den Kopf herein und nickte Gianni zu. Er nickte zurück. *»Grazie.«* Sie schloß die Tür wieder, doch Gianni rief ihr hinterher: »Gioia, *un' momento.*« Sie kam herein, und er wies auf die Reste unseres Essens. »Sei so nett, und bring das hier weg.«

Sie war um die Zwanzig, eine hübsche Brünette mit gut gefülltem Pulli und wundervollen langen Beinen. Ich stand auf, um ihr die Tür zu öffnen, als sie versuchte, das große Tablett durch den schmalen Spalt zu manövrieren. Als ich mich wieder gesetzt hatte, sagte Gianni: »Du rauchst zuviel, *ragazzo.*«

»Ich habe schon immer zuviel geraucht, Gianni. Das ist nun mal so.«

»Hast du darüber nachgedacht, wie du aus dem Land kommst?«

»Per Flugzeug?«

Er schüttelte den Kopf und lächelte. »Nein, *ragazzo.* Ich habe zwar Einfluß, aber ich bin nicht allmächtig. Timonettis Gruppe wird nicht sehr erfreut sein über das, was wir vorhaben, auch wenn seine Nachfolger bestimmt nicht unglücklich darüber sein werden, seinen Posten zu übernehmen. Aber niemand kann sich mit sämtlichen Polizisten arrangieren. Du wirst immer noch als Zeuge gesucht. Nach morgen wird das zwar hinfällig sein, aber es wird immer noch Leute geben, die dich gern hinter Gittern sähen. Ich werde Guarini sagen, daß er ab übermorgen alles abblasen soll. Das ist mein kleines Geschenk an die neue Partei. Sie wird ein paar Tage brauchen, um sich zu fangen, dann geht es weiter wie gehabt. Aber da wären immer noch die Christdemokraten; auch sie sähen dich gern in einer Zelle in Rom, wo du die Wahl hättest, entweder über Timonettis Leute auszusagen oder wegen Mordes an dem Mädchen angeklagt zu werden. Okay, man würde dich schließlich freisprechen, doch vorher hättest du zwei Jahre hinter Schloß und Riegel zuzubringen. Du wirst also heimlich, still und leise von der Bildfläche verschwinden, Max. Einverstanden?«

»Sicher. Aber wie?«

»Morgen wird einer meiner Männer dein Boot in Santa Margherita für eine kleine Fahrt in die Bucht hinaus nehmen, während der Mario die Maschinen überprüfen kann. Sobald sie weit genug draußen sind, werden sie die Küste entlangfahren und am frühen Nachmittag in Ventimiglia festmachen. Kennst du Ventimiglia?«

»Ich war einige Male dort.«

»Gut, das Boot wird also dort liegen, vorgeblich damit einige Reparaturen an ihm ausgeführt werden können. Einer der Fahrer wird dich hinbringen, sobald wir mit Timonetti fertig sind. Fahr hinüber nach Nizza oder Menton, dort bist du sicher, *ragazzo.*«

»Wirst du keine Probleme bekommen, wenn das hier vorbei ist, Gianni?«

»Keine, mit denen ich nicht fertig werden kann.«

Er wirkte sehr gelassen und entspannt, wie er dort im Sessel lag, die langen Beine auf dem Couchtisch gekreuzt.

»Ich überlege gerade, was heute wäre, wenn wir Partner geworden wären.«

Er grinste. »Du hättest eine Menge Kohlen gemacht, Max.«

»Dir scheint dein Leben zu gefallen.«

Er sah mich mit seinen warmen Augen an. »Ich habe alles Geld, das ich jemals brauchen werde. Ich habe die hübschesten Mädchen in jeder Stadt nördlich von Rom. Mir gehören mehrheitlich ein halbes Dutzend legaler Geschäfte und ganzheitlich die meisten illegalen diesseits des Tibers.«

»Bis eines Tages jemand kommt und versucht, sie dir wegzunehmen.«

Er grinste. »Das passiert zweimal im Jahr, bei jeder sich bietenden Gelegenheit. Aber reden wir über morgen.«

Wir sprachen die Zeiten ab und überprüften die Abstände. Dann nahmen wir uns die Pistolen und eine Leuchtpistole vor, zerlegten sie und setzten sie wieder zusammen. Die Walkie-talkies besaßen eine feste Frequenz und funktionierten problemlos. Als wir fertig waren, ging Gianni in sein Apartment hinüber. Es war fast Mitternacht, und wir würden früh aufbrechen.

Ich hatte mir gerade einen Whisky zur Nacht eingegossen, als das Mädchen hereinkam. Sie zog die Tür sacht hinter sich zu und kam zu mir ans Bett. Es war das Mädchen, das vorhin die Nachricht zu Gianni gebracht hatte. Sie war wirklich sehr schön.

»Hallo, Signor Max. Gianni hat mir gesagt, ich soll die Nacht bei Ihnen bleiben.«

»Du heißt Gioia, nicht wahr?«

Sie lachte auf. »Nein, eigentlich Gaia. Das Gioia ist ein Scherz von Gianni.«

»Geh lieber zu Gianni und bestelle ihm, daß ich nicht in Stimmung bin. Nicht einmal für eine Schönheit wie dich.«

Sie schien nicht verletzt zu sein, sondern ging einfach zum Tisch und goß sich einen Whisky ein. »Ich kann es Gianni nicht sagen, er ist in die Kirche gegangen. Außerdem hat er mich vorgewarnt.«

»Was macht er denn in der Kirche?«

»Na, beten natürlich. Er macht sich große Sorgen um Sie. Man versucht alles, um Sie zu finden. Sie würden bestimmt umgebracht, wenn sich eine Gelegenheit dazu böte.«

Gianni in einer Kirche kniend, das war neu für mich. Vielleicht war das selbstsichere Auftreten nur für mich bestimmt gewesen, um mich zu beruhigen. Möglicherweise war die Situation ernster, als ich angenommen hatte. Ich sah zu dem Mädchen hoch. »Ich finde wirklich, daß du sehr schön bist, aber ich möchte heute nacht mit niemandem schlafen.«

Sie nickte. »Das ist in Ordnung. Gianni hat mir von Ihrer Freundin erzählt. Ich kann Sie verstehen. Er übrigens auch. Er hat gesagt, Sie würden einsam sein heute nacht, und ich solle bei Ihnen bleiben. Wenn Sie mit mir schlafen wollen, will ich es auch. Wenn nicht, passiert eben nichts.«

Sie setzte ihr Glas ab und ging ins Badezimmer. Ich hörte, wie das Wasser in die Wanne lief, und eine halbe Stunde später kam sie, nackt und glühend, zurück. Sie blieb lächelnd stehen, und ich konnte nicht anders, als auf ihre vollen Brüste und das schwarze Vlies zwischen ihren Beinen zu starren. Dann kam sie zu mir herüber.

»Machen Sie schon, Signor Max. Ziehen Sie sich aus. Sie brauchen Ihren Schlaf heute nacht.«

Wir lagen nebeneinander, und sie hielt meine Hand. Sie erzählte mir die Geschichte von dem Mann, der eine Nachtigall erlegt hatte, und sang dann leise ein kleines Liebeslied – *»Roma non far la stupida stasera«*. Ich schob einen Arm unter ihren Hals, und sie drehte sich zu mir. Zwei Minuten später war sie eingeschlafen, und ich konnte mich meinen Alpträumen voller Blut und Messer hingeben.

11

Vier Uhr früh ist eine Zeit fürs Handeln, nicht fürs Denken. Das heißt, wenn man dann nicht schläft. Ich zog mich an, rasierte mich und packte meine Sachen zusammen. Das Mädchen schlief noch; ihre dunklen Wimpern wirkten durch den Schatten, den sie auf die Wangen warfen, absurd lang. Sie hatte eine Hand unter das Kopfkissen geschoben, die andere lag unter ihrer Wange, und ihre feinen schwarzen Haare breiteten sich über das Kopfkissen aus wie ein fragiles Flechtwerk. Ihr schlanker Körper zeichnete sich aufregend unter der Decke ab. Man mag es den Widersprüchen der menschlichen Natur zurechnen: Ich hätte auf der Stelle wieder zu ihr ins Bett steigen und mit ihr schlafen können. Ohne jeden Vorbehalt. Laß den Schlaf deine Skrupel wegwaschen, und alles wird gut. Ich fühlte mich durchaus nicht mehr alt.

Ich ging zu Giannis Apartment hinüber. Die Tür stand offen. Außer Gianni saßen noch fünf Männer um den Tisch, und Gianni wies auf einen freien Stuhl für mich. Der Butler servierte ein englisches Frühstück: Streifen mageren Specks, Spiegeleier und getoastetes Brot. In den großen Tassen dampfte frischer Kaffee. Während wir aßen, hatten die anderen Gelegenheit, mich ausführlich zu mustern.

»Max, ich möchte dir meine Männer vorstellen. Ich fange mit deinem Nachbarn zur Linken an. Giuseppe weiß mehr über Autos als sonst irgend jemand, ausgenommen Tomasso, der neben ihm sitzt.

Der nächste, hier links von mir, ist Francesco, der Schönling mit den Locken ist Vincenzo, und dieser häßliche Knabe mit der verheerenden Wirkung auf Mädchen ist Luciano.«

Sie nickten mir einer nach dem anderen zu und aßen dann schweigend weiter. Gianni war bereits fertig und trank nur noch Kaffee. Er lehnte sich entspannt zurück und schob seinen Teller beiseite.

»Ich möchte, daß wir in einer Viertelstunde aufbrechen. Max, du kommst mit mir und Giuseppe. Die anderen fahren mit dem Lieferwagen. Sie haben auch etwas zu essen und Wasser bei sich, außerdem die automatischen Gewehre und Munition. Wir werden auf halbem Weg nach Piacenza die Autostrada verlassen und Vincenzo dort mit einem Walkie-talkie zurücklassen. Er wird jede Stunde berichten, was sich an der Vorderseite der Villa tut. Der Rest von uns begibt sich auf Seitenwegen zur anderen Seite des Bergs. Wir können fast bis nach oben fahren; dort befindet sich ein kleiner Wald aus Eichen und Kastanien, in dem wir die Fahrzeuge verstecken können. Wenn alles vorüber ist, wird Giuseppe dich mit der Limousine zu deinem Boot fahren. Es wird eine lange Fahrt werden, da ihr die Küstenstraße meiden müßt. Vielleicht fünf oder sechs Stunden. Du, Giuseppe, wirst tun, was immer Signor Max dir sagt. Seine Befehle sind auch meine. Verstanden?«

Giuseppe sah zu mir und nickte.

»Also. Wir haben keinen exakten Plan, nur ein paar Vorsichtsmaßnahmen. Sobald Signor Max in der Villa ist, erschießt ihr jeden, der sich von der Hauptstraße her nähern will. Wenn ihr jemanden in den Obstgärten findet, bringt ihr ihn zu mir ins Generatorhäuschen. Wenn Timonetto zu fliehen versucht, erschießt ihr ihn. Ebenso, wenn Gino Asti verschwinden will. Niemand kommt aus der Villa heraus. Verstanden?«

Er sah von einem zum anderen, und alle nickten zustimmend.

»Weiter. Wenn etwas schieflaufen sollte und wir getrennt werden, kommt ihr nicht hierher zurück, sondern fahrt nach Genua. Geht in das Restaurant und bleibt dort, bis ihr erfahrt, was ihr tun sollt. Wenn wir mit der Polizei zusammengeraten, verlangt nach *avvocato* Lunghi und schweigt, bis er eingetroffen ist. Wenn wir es mit den *carabinieri* zu tun bekommen, verlangt nach Capitano Vitali in Mailand. Ihr redet nur mit ihm und keinem anderen. Ihr habt jeder einen Umschlag erhalten, in dem sich hunderttausend Lire und zwanzig US-Dollars befinden. Benutzt das Geld, falls nötig. Max, ich habe einen Anorak für dich bereitgelegt. Es wird ziemlich kalt sein in der Nacht. Du wirst ihn brauchen.«

Er zeigte auf Tomasso. »Tomasso, du machst dich jetzt mit deiner Gruppe auf den Weg. Ihr seid langsamer. Laß die Haustür offen für uns. Okay, los dann.«

Für mich lag ein Leinenrucksack bereit, den ich mir auflud, bevor wir die Wohnung verließen. Vor dem Haus stand ein dunkelblauer Alfa, und wir stiegen nacheinander ein. Gianni ging vor mir, und ich sah, wie er sich bekreuzigte, ehe er einstieg. Wir fuhren nach Norden, am Parco Sempione vorbei, und ich dachte daran, wie Tammy und ich am See gesessen und den spielenden Kindern zugesehen hatten. Dann kamen wir am Garibaldi-Stadion vorbei und bogen in das Einbahnstraßensystem ab, durch das wir auf die Ringstraße kamen. Auf dem Ring wandten wir uns nach rechts und fuhren hundertachtzig Grad um Mailand herum, bis wir die Abzweigung nach Piacenza erreichten. Die Sonne ging hinter uns auf, doch die Straße lag noch im Frühnebel. Es war kaum Verkehr, nur ein paar Lastwagen, die Fleisch und Gemüse geladen hatten, fuhren aus Mailand heraus, und ein oder zwei Busse brachten Arbeiter zur Sechs-Uhr-Schicht in das riesige Mailänder Industriegebiet. Wachteln pickten im Gras an den Straßenrändern nach Nahrung, und eine Füchsin, das Fell zerzaust von ihren Jungen, saß auf dem Sprung, um die Fahrbahnen zu überqueren. Die Straße verengte sich sofort nach der Abfahrt von der Autostrada und machte einen Bogen, der unter der Autostrada hindurchführte. Kurz darauf wand sie sich einen Berg hoch, so daß der Nebel unter uns im Tal zurückblieb. Ich sah die Spitzen von Zypressen und Pappeln wie Geistererscheinungen aus dem weißen Dunst herausragen. Die Erde neben der Straße war golden und rot; in den Sandsteinausläufern hatten sich, neben den großen gelben Blütenköpfen von Adonisröschen, kleine Holundersträuche festgesetzt, die über und über mit tiefroten Fruchtständen behangen waren.

Einige große Tore und hohe Mauern zeugten von den verstreut stehenden Häusern kleiner Dörfer. Die Serpentinen wurden weiter, und wir kamen an den ersten kultivierten Olivenhainen und ein oder zwei Weingärten vorbei. Die Sonneneinstrahlung war inzwischen kräftig genug, daß die Temperatur im Auto so sehr anstieg, daß sich Kondenswasser an den Scheiben bildete. Knapp eine Stunde, nachdem wir die Autostrada verlassen hatten, holperten wir einen steinigen Weg hinauf und schließlich in den Schatten von Kastanien, Eichen und Birken. Giuseppe fuhr einen engen Kreis, so daß der Kühler zum Weg zeigte, dann schaltete er den Motor aus. Es war sieben Uhr zehn, und bis der Wagen den Weg wieder hinabfuhr, würde eine Menge geschehen.

Giuseppe blieb beim Auto, während Gianni und ich uns auf den Weg auf die andere Seite des Berges machten. Zuerst kamen wir noch an blühendem Ginster vorbei, doch dann gab es nur noch unfruchtbaren Boden, auf dem nichts wuchs. Kurz vor den letzten Büschen blieb Gianni stehen und winkte mir, mich klein zu machen. Wir robbten zum Kamm des sanft geneigten Abhangs hinauf; dahinter ging es steil bergab, und wir sahen die Oliven- und Pfirsichbäume und das rote Dach der Villa unter uns. Sie lag in einer Senke und wirkte größer und friedlicher, als ich sie in Erinnerung hatte.

Gianni gab mir ein Fernglas, und ich stützte die Ellbogen auf. Vor der Garage parkte ein Lancia Flavia, aber es war niemand zu sehen, obwohl aus einem der Kamine eine dünne Rauchsäule aufstieg. Wahrscheinlich aus der Küche. Das Generatorhäuschen wurde vom Dachende und dem dichten Bougainvilleabewuchs verdeckt. Wir gingen am Rand der Senke entlang, und von dem näher gelegenen Aussichtspunkt konnten wir den Kreuzgang einsehen. Er lag im Schatten, da die Sonne noch nicht über den Bergkamm gestiegen war. Ein Mann saß dort mit einem Gewehr auf den Beinen auf einem Campingstuhl. Er sah über das Tal, konnte aber mit Sicherheit jemanden, der sich ihm näherte, erst wahrnehmen, wenn er schon auf zehn Meter an ihn herangekommen war. Es dauerte noch eine Stunde, ehe jemand anders im Kreuzgang erschien: Gino Asti; durch das Fernglas konnte ich erkennen, daß Mama Mondadoris Beschreibung sehr genau gewesen war. Er trug einen hellgelben Morgenrock mit einem verschnörkelten roten Drachenemblem auf dem Rücken. Sein blasses flaches Gesicht sah chinesisch aus, ein Eindruck, den die dünnen schwarzen Augenbrauen über seinen Schweinsaugen noch verstärkten. Er war barfuß und hatte die Hände in den Taschen seines Morgenrocks. Er drehte sich leicht in der Hüfte hin und her, wie ein Boxer, der ungeduldig darauf wartet, in den Ring zu steigen, und redete dabei mit dem Wachposten. Beide lachten, und Gino zog eine Hand aus der Tasche und schob sie im Karatestil mit gestreckten Fingern vorwärts, um einen unsichtbaren Gegner zu treffen. Dabei bemerkte ich etwas Gutes. Sein linker Fuß war nicht am Boden geblieben, als er sich seitlich drehte. Mit solch einer Technik bekam man nicht einmal den ersten Dan. Was die Karateka auch sagen mögen, Karate ist zum Töten da, aber es funktioniert nur, wenn die Koordination der Bewegungen und die Selbstkontrolle perfekt sind. Ein bißchen weniger, und man ist äußerst verwundbar. Und ein echter Karateka würde niemals lachen, während er etwas demonstriert oder in Aktion ist. Auch nur die Zähne zu zeigen, bedeutet, sich als Anfänger zu erweisen. Ich würde Gino noch einiges beibringen können.

Dann entdeckte ich la Sylva. Sie war in einem hellblauen Bikini. Ein schmales Stück Stoff über der Brust und ein kleines Dreieck an den Hüften. Gino wandte sich zu ihr herum, ließ seinen Blick an ihr heruntergleiten und sagte dann irgend etwas zu ihr. Sie zuckte lachend die Achseln, und davon ermutigt begann Gino, ihr eine Runde Schattenboxen vorzuführen; die Italiener nennen das geringschätzig »Eindruck schinden«. Dann kam Timonetti aus dem Haus, in weißem Hemd und blauer Baumwollhose, und sah sich mit in die Hüften gestemmten Händen das Schauspiel an. Schließlich sagte er etwas, und Gino hörte auf, hob lässig die Hand zum Kopf, um einen militärischen Gruß anzudeuten, und verschwand.

Wir beobachteten die Villa den ganzen Vormittag, aber es gab wenig zu sehen, bis kurz vor Mittag ein offener Lastwagen ankam, drei Männer absetzte, umkehrte und den Weg wieder herunterrumpelte. Die Männer gingen zur Rückseite der Villa. Timonetti kam heraus, sprach kurz mit ihnen und wies dann auf die Oliven- und Pfirsichbäume. Die Männer hatten altmodische Maschinenpistolen bei sich, die wie Berettas aussahen, entweder 34/42 oder 38A; es war unmöglich, sie exakt zu identifizieren, aber mir war, als hätten sie Lüftungslöcher in den dicken runden Läufen. Die Männer gingen ziemlich unbeholfen mit ihnen um, wie Gangster in alten Filmen. Einer von ihnen blieb auf der Rückseite der Villa, während die anderen beiden in Richtung der Olivenbäume abzogen. Wir behielten sie eine Stunde lang sorgfältig im Auge, aber keiner der beiden tauchte hinter den Bäumen auf.

Giuseppe löste uns um zwei Uhr ab, und wir gingen zum Auto zurück. Giuseppe hatte es ebenso sorgfältig wie unauffällig versteckt, indem er Äste zwar heruntergebunden, aber nicht abgebrochen und den Schatten der kleineren Bäume ausgenutzt hatte. Wir setzten uns auf die Erde und aßen Käsesandwiches und Tomaten.

»Wir könnten hineingehen, sobald es dunkel ist, Gianni. Warum abwarten, bis sie im Bett sind?«

Gianni hörte mitten im Biß auf zu essen und schüttelte den Kopf. »Nein, *ragazzo.* Diese Operation besitzt zwei Abschnitte, ganz wie früher. Der erste Abschnitt hat mit Asti und Timonetti zu tun, und der zweite besteht darin, daß wir alle hier heil wieder herauskommen. Falls jemand am frühen Abend entkommen sollte, kann er uns eine Menge Ärger bereiten. Um Mitternacht jedoch dauert es Stunden, ehe irgend etwas passiert.«

»Gehst du zurück nach Mailand, Gianni?«

»Nein, ich werde nach Brescia fahren. Ich habe dort eine Kühlschrankfabrik. Es ist Zeit, mal wieder nach dem Rechten zu sehen.«

Wir schliefen drei Stunden und lösten dann Giuseppe wieder ab. Er erzählte uns, daß es inzwischen nicht viel Bewegung gegeben hatte, abgesehen von einem kleinen Lieferwagen mit dem Namenszug eines Lebensmittelhändlers aus Piacenza, aus dem zwei große Kartons und eine offene Holzkiste voller Büchsen ausgeladen worden waren, offenbar Lebensmittel. Außerdem hatte der Fahrer Briefe, Zeitungen und eine große Butangasflasche abgeliefert.

Um sieben stand die Sonne hinter uns, und wir legten uns flach in die Mulde. Eine Stunde darauf gingen die beiden Wachen auf das Haus zu, vermutlich um etwas zu essen. Es war fast zehn, als sie wieder auftauchten, diesmal jedoch am Haupteingang.

Gianni hatte sich bei Einbruch der Dämmerung mit seinen Männern am Auto verabredet, und ich ging am Rand der Senke auf die andere Seite der Villa. Die Deckung war dort besser, und der Abhang beschrieb an dieser Stelle einen Bogen, in dem sich die Garage und das Generatorhäuschen befanden. Timonettis Gorillas saßen redend und rauchend auf einer Holzbank zusammen. Als ich vorsichtig den Abhang hinunterschlich, hörte ich Fetzen von Radiomusik. Ich hatte Stechginsterbüsche in voller Blüte vor mir und hockte mich hinter den am weitesten vorgeschobenen. Durch das Fernglas konnte ich das Transistorradio sehen. Die drei Männer zogen sich gerade Schaffelljacken über.

Eine halbe Stunde später war das Tageslicht völlig erloschen, und der Mond stand noch tief am Himmel. Zwischen den Olivenbäumen bildeten sich Nebelschwaden, doch die Wärmeausstrahlung der Hauswände schuf um die Villa herum eine klare Zone. Während der nächsten Stunden würden die weißen Schwaden jedoch den Abhang zum Haus hinunterwandern, um so weiter, je mehr die Temperatur sank.

Zwei der Wachen begaben sich zwischen die Bäume, und der dritte patrouillierte langsam an der Rückseite der Villa auf und ab. Gianni stieß mit seinen drei Männern kurz danach zu mir. Die Fahrer waren wieder bei ihren Fahrzeugen, und Giuseppe hielt per Walkie-talkie die Verbindung aufrecht. Wir machten es uns für das lange Warten so gemütlich wie es eben ging.

Kurz vor Mitternacht schlichen Gianni und ich zur Rückseite der Garage hinunter, wo das Telefonkabel auf Bodenhöhe verlief. Ich schnitt einen breiten Streifen der dicken Gummiummantelung heraus. Wenn ich das Kabel durchschnitt und drinnen jemand zu telefonieren versuchte, hätten sie sofort gewußt, was los war, und wären gewarnt gewesen. Aber es gab etwas, das man mit Telefonkabel anstellen konnte, so daß zwar der Wählton weiter zu hören war, aber keine Verbindung erreicht werden konnte. Es würde zehn Minuten in Anspruch nehmen. Wenn sie in dieser Zeit ans Telefon gingen, würden sie ahnen, was im Busch war. Und wenn ich den bloßgelegten Draht berührte, bevor die neue Verbindung hergestellt war, würde das Telefon im Haus anfangen zu klingeln. Ich machte einen langen Einschnitt in den weichen Plastikschutz der Kabel und schob sie mit den Fingern zurück. Ich konnte in der klaren Luft den Schellack riechen. Wenn es massives Kupfer war, konnte ich meinen Plan vergessen; ich strich mit dem Fingernagel über die Oberfläche eines der Kabel, und als er in das Drahtgeflecht eindrang, wußte ich, daß ich weitermachen konnte. Ich benutzte einen der Porzellanisolatoren, mit dem das Kabel am Garagendach befestigt war, und verknotete das Schnurspiel der Drähte, bis es vom Zug des Kabels gehalten wurde. Die Drähte waren heiß, und ich umwickelte sie mit der Gummiummantelung. Es würde ungefähr zwei Stunden funktionieren und sich danach selbst abfakkeln.

In der Villa war nur noch ein Licht zu sehen, im Zimmer der Wachen. Wir krochen zu den Ginsterbüschen zurück und warteten bis ein Uhr. Dann nickte Gianni einem seiner Männer zu und gab ihm einen Schalldämpfer. Wir zogen unsere Jacken aus, damit er ihn darunter auf den Lauf seiner Pistole stecken konnte; es war nur ein winziges, gedämpftes Klicken zu hören. Dann machte er sich geduckt auf den Weg. Wir hatten damit gerechnet, daß er eine Stunde für die Wachen auf der anderen Seite brauchen würde, aber er war schon nach vierzig Minuten zurück. Er nickte Gianni zu und übergab ihm die Pistole.

Der erste der beiden Wachposten auf unserer Seite mußte sehr nah gewesen sein, denn wir konnten das schwache »pfft« der gepreßten Luft deutlich hören, und kurz darauf auch das zweite. Gianni atmete schwer, als er zu uns zurückkam. Aber es ging alles nach Plan.

Wir blieben flach am Boden, Gianni, Luciano und ich, während wir zur Rückseite der Villa vorstießen. Der Mond stand jetzt hoch am Himmel, und der Nebel hatte die Bougainvillea erreicht. Der Wachposten lehnte an der Wand neben der Tür. Gianni drückte mir einen Kieselstein in die Hand und grinste mir zu, während er nach rechts verschwand. Luciano war schon im Schatten des Generatorhäuschens angekommen, und ich strengte mich an, das helle Rund von Giannis Gesicht im Auge zu behalten, verlor es aber aus dem Blick; dann entdeckte ich den weißen Fleck eines ausgebreiteten Taschentuchs, holte zweimal aus und warf den Stein, so daß er links von dem Wachposten niederfiel. Er zögerte einen Augenblick, ehe er seine Waffe entsicherte und auf die Stelle zuging, von der das Geräusch gekommen war. Gianni schlug ihm den Arm ins Gesicht und drehte ihm die Maschinenpistole aus der Hand. Ich hörte sie auf dem Gras aufschlagen. Der Mann war stark gebaut; wir mußten ihn zu zweit vom Haus weg zwischen die Olivenbäume ziehen.

Diese Phase hatten wir sehr genau geplant gehabt, da sie leicht hätte schiefgehen können. Jetzt standen drei gegen drei, wir gegen Timonetti, la Sylva und den Mörder von Tammy. Wir wußten jedoch nicht, wo sie sich aufhielten. Von Sylva konnten wir es erraten, aber die andern beiden konnten überall im Haus sein. Wir hatten ausgemacht, daß ich als erster hineingehen sollte. Gianni würde durch den Haupteingang kommen, während Luciano mich decken und gleichzeitig Sylva im Griff behalten würde.

Ich betrat den Wachraum, kurz nachdem Gianni um das Haus herum zum Vordereingang gegangen war. Dahinter lag die Küche; ich schlich vorsichtig zur Tür zum Hauptraum hinüber, packte den großen hözernen Türknauf und drehte ihn langsam herum, bis ich die Tür aufstoßen konnte. Als ich die Wohnhalle betrat, ging plötzlich das Licht an, und ich stand Timonetti gegenüber und der Mündung seiner Pistole. Er nickte, als stimmte er irgendeiner Bemerkung von mir zu.

»Die Waffe runter, Signor Farne. Nein, runter. Einfach fallen lassen. Wir werden den Krach schon aushalten.« Ich tat, was er wollte; die Pistole prallte vom Boden ab und glitt unter einen Sessel am Kamin. Er winkte mich mit seiner Pistole zu dem anderen Sessel.

»Setzen Sie sich, Signor. Ich vermute, Sie sind nicht allein gekommen. Wir werden auf sie warten.«

Er ging langsam zum Telefon hinüber und hob den Hörer ab, klemmte ihn zwischen Hals und Schulter und wählte. Dann hämmerte er mehrmals auf die Gabel. Er bekam zwar das Freizeichen, konnte aber niemanden anwählen. Er versuchte es noch einmal, dann legte er langsam auf. Von Gianni und Luciano war nichts zu hören. Luciano mußte alles mitbekommen haben.

Timonetti ging quer durch den Raum und klopfte an die Tür des Zimmers, in dem ich geschlafen hatte. »Asti, *avanti, vieni qui.*«

Gino kam, noch mit dem gelben Morgenrock kämpfend, heraus. Er bemerkte mich erst, als Timonetti mit dem Kinn in meine Richtung wies. »Das ist der Engländer. Farne.«

Er musterte mich ausführlich, die Hände in die Hüften gestemmt, bemerkte meine Größe, verließ sich aber auf den Eindruck meiner grauen Haare. Ein Lächeln zog sich über sein Gesicht bis in die dunklen Augen, so als wäre er zu einem befriedigenden Ergebnis gekommen.

Timonetti unterbrach seine selbstgefälligen Gedanken. »Sieh mal nach Sylva, Asti.«

Gino glitt beinahe zur Tür ihres Zimmers, öffnete sie einen Spaltbreit, griff hinein, zog den Schlüssel heraus und schloß die Tür von außen ab.

»Schau in der Küche nach, Asti, und im Wachraum. Dann ruf die Männer zurück ins Haus.«

Luciano würde ihn mit etwas Glück abfangen können. Aber Gino ging durch die Zimmer. Ich hörte, wie er die Lichtschalter betätigte und dann draußen nach den Wachen brüllte.

Timonetti wartete schweigend auf seine Rückkehr. Ginos blasses Gesicht wirkte besorgt. Er blickte zuerst zu mir, als könnte er so das Rätsel lösen, und wandte sich dann widerstrebend an Timonetti. »*Non c'e nessuno,* Signor Dino.«

Gianni mußte seine Truppe zurückgezogen haben, um Timonetto im unklaren zu lassen. Das Dumme war nur, daß Timonetti falsche Schlüsse ziehen und auf die Idee verfallen konnte, mich umzulegen. Er kam auch auf mich zu, wurde aber zwei Meter vor mir durch ein Geräusch gestoppt: Glas splitterte, das »pfft« eines Schalldämpfers erklang, und eine der Fußbodenfliesen zersprang. Die Kugel zischte zur gegenüberliegenden Wand, prallte noch einmal ab und klickte gegen einen der gußeisernen Gartenstühle. Timonettis Reflexe waren nicht die besten; er drehte sich in die falsche Richtung, zur Rückseite der Villa. Ich hechtete nach seinen Beinen, und er schlug im Fallen gegen die Kante des Glastischs. Ich rutschte weiter, um mir seine Pistole zu holen, wurde aber von Ginos Fuß an meiner Kehle aufgehalten. Ich bekam einen Augenblick keine Luft, und ein glänzender Rotfilter legte sich vor meine Augen. Ich hörte wieder Glas splittern und Stimmen, während der Raum hin und her schaukelte. Schließlich rastete er in seiner Ausgangsstellung ein, und ich fand mich auf den Knien wieder, mit der Pistole in der Hand. Als ich aufstand, sah ich einen Mann, der ebenfalls eine Pistole in der Hand hielt; es war Gianni, und die Pistole war auf Gino gerichtet, der mit dem Rücken an der Wand klebte.

Luciano kam aus der Küche und grinste mich an. Gianni rief ihm zu, Gino zu übernehmen. Dann kam er zu mir herüber. »Bist du in Ordnung, *amico*?«

»Es geht schon, Gianni. Was ist passiert?«

»Ich habe die Jungs auf die Vorderseite geschickt, und dann sah ich, wie Timonetti auf dich zuging, also habe ich durch das Fenster geschossen und bin hereingekommen. Seine Nutte ist aus ihrem Fenster geklettert. Einer meiner Leute ist hinter ihr her. Aber werfen wir einen Blick auf Timonetti.«

Aus einer Wunde an der Stirn tropfte Blut über eine Hälfte seines Gesichts. Aber das andere Auge war offen, und sein Atem war in Ordnung. Wir rollten ihn auf den Rücken, und ich schob meine Hände unter seine Achseln und hob ihn in einen der Sessel. Er war ein Leichtgewicht. Sein Oberkörper sank nach vorn, so daß sein Kopf fast auf den Knien lag, und ich drückte ihn mit einer Hand unter dem Kinn in aufrechte Stellung. Gianni war eine Schüssel mit Wasser und ein Handtuch holen gegangen. Nachdem er ihm etwas Wasser ins Gesicht gespritzt hatte, kam Timonetti, nach Luft schnappend und mit den Armen rudernd, langsam zu sich. Er sah auf uns beide und versuchte sich zu erinnern, was passiert war. Dann dämmerte es ihm, und er machte Anstalten aufzustehen, doch ich schob ihn auf den Sessel zurück, und er blickte fragend zu Gianni hoch. Seine Stimme war schwach und zitterte leicht, besaß aber immer noch einen Anklang von Autorität.

»Was tun Sie hier, Podoni?«

Gianni lächelte grimmig. »Ich bin der Freund eines Freundes, Dino.«

»Der Freund eines Freundes? Welchen Freundes? Was soll das heißen?«

»Der Freund eines Freundes von Tammy Walton, Dino.«

Timonetti sah zu ihm auf, als wäre ich nicht vorhanden, ein Großer zu einem anderen Großen. »Aber wir können uns doch sicherlich arrangieren, Signor Podoni. Das hier war nicht nötig.« Er umfaßte mit einer Geste das zerbrochene Fenster und das Blut auf seinem Gesicht.

Gianni lächelte nicht mehr. »Versuchen Sie es, Timonetti. Er ist der Boss.« Er zeigte auf mich, und das schmale Habichtsgesicht wandte sich mir zu.

Er öffnete den Mund, um etwas zu sagen, aber ich schüttelte den Kopf. »Was ist mit Dixon geschehen, Timonetti?«

Er verschränkte die Hände, als befände er sich bei einer Aufsichtsratssitzung, auf der er erklären sollte, weshalb das vergangene Jahr eines der Reorganisation und nicht des Profits gewesen war. Dann nickte er, als hätte er eine bedeutende Entscheidung getroffen.

»Das also wollen Sie wissen, Mr. Farne.«

»Genau das.«

Das alte Raubvogelgesicht wurde von einem dünnen, überheblichen Lächeln verzerrt, wie man es bei gewieften Politikern sieht, wenn die Reporter ihren Gegnern eine unbequeme Frage stellen. Seine Hände waren wieder gefaltet wie zum Gebet.

»Sie wußten nicht viel über Dixon, nicht wahr?«

»Nein.«

»Er war eine merkwürdige Mischung, Signor Farne. Außerordentlich befähigt. Ein erfolgreicher Unternehmer in der Textilbranche und seinen anderen geschäftlichen Unternehmungen. Aber einmal getroffene Vereinbarungen sollte man besser einhalten. Besonders in bestimmten Branchen. Signor Dixon jedoch fing an, Spielchen zu treiben. Er behielt Geld zurück, das ihm nicht gehörte. Sie wissen bestimmt, was ich meine. Und als Druck auf ihn ausgeübt wurde, glaubte er, er könne herkommen und sich mit mir vergleichen. Das war unmöglich, Signor Farne. Es war nicht nur unmöglich, sondern zu diesem Zeitpunkt auch äußerst gefährlich für meine Pläne. Pläne, die ich seit Jahren verfolgte. Dixon kam zu mir, und ich erklärte es ihm. Wir stritten uns, und ich sagte ihm, daß er vierundzwanzig Stunden habe, um das Geld zu übergeben. Er stimmte weder zu, noch lehnte er ab, aber ich bin sicher, daß er wußte, welche Konsequenzen es gehabt hätte, wenn er mit seinen Mätzchen fortfuhr. Ich glaube, er hatte meine Unnachgiebigkeit in diesem Punkt verstanden. Aber wie es scheint, unterschätzte er meinen Einfluß.«

»Dann haben Sie ihn umbringen lassen?«

Er warf mir einen stechenden Blick zu und zeigte wieder dieses überhebliche Lächeln. Dann schüttelte er den Kopf. »Nein, Signor Farne. Das habe ich nicht. Er stand unter Bewachung und wäre gegebenenfalls ausgeschaltet worden, aber meine Männer verloren ihn aus den Augen. Ich nahm an, daß er nach Santa Margherita gegangen war, auf das Boot, von dem er erzählt hatte, und schickte Signor Dodds zu ihm, um ihm eine Nachricht zu überbringen. Das weitere wissen Sie. Ich glaube, Sie haben sie an sich genommen. Sie war nicht unter seinen Sachen bei der Polizei.« Er sah mich an, als erwartete er eine Antwort.

»Was ist dann mit Dixon passiert?«

»Er war in einen Club gegangen, einen Privatclub namens Eins-Sieben-Fünf. Wie Sie wahrscheinlich wissen, Signor Farne, ist das die Nummer des deutschen Gesetzesparagraphen gegen Homosexualität. Signor Dixon war ein sehr attraktiver Mann, für beide Geschlechter, und er hatte an diesem Abend offenbar eine Eroberung gemacht. Eine unglückliche Eroberung, wie sich herausstellte. Der Junge war der Geliebte eines sehr labilen Mannes. Man folgte Signor Dixon zu einem Haus, das von Homosexuellen genutzt wird. In diesem Haus wurde er umgebracht. Sein Schicksal hatte dort auf ihn gewartet.«

Es war nur zu klar, daß Timonetti die Wahrheit gesagt hatte. Plötzlich waren all die losen Enden, die ich bisher nicht zusammenbekommen hatte, verbunden. Tammy würde erstaunt sein, wenn ich ihr von Dixons homosexueller Seite erzählte, aber es paßte zu ihrer Erfahrung mit ihm. Dann fiel mir wieder ein, daß sie tot war. Ich drehte mich zu Gianni um.

»Glaubst du ihm?«

Er überlegte einen Moment, dann nickte er und sagte ruhig: »Ja, ich glaube ihm.«

Ich schoß, als Timonetti den Mund öffnete, um weiterzureden. Mit dem Eintritt der Kugel war sein Kopf nach hinten gerissen worden, aber die Wunde bestand nur aus einem kleinen Loch über dem linken Auge. Ein kleiner Kreis und ein schmales Rinnsal dunkelroten Blutes. Er war sofort tot.

Ich drehte mich um und ging zu Luciano hinüber, stieß ihn zur Seite, griff nach Ginos Morgenrock und zog ihn dicht zu mir heran.

Gianni war sofort neben mir. »Überlaß ihn mir, Max. Du hast genug gehabt, *amico*, und es wird spät.«

Ich schüttelte den Kopf und rammte meine Faust in Ginos Gesicht. Er hob die Hände und umklammerte meinen rechten Arm. Seine gelben Augen waren die eines Wolfs. Ich ging leicht in die Knie und sprang mit dem Kopf an sein Kinn. Ich hörte das Knirschen, als seine Zähne zusammenkrachten, aber er hatte immer noch meinen Arm im Griff. Ich drehte mich, um ihn über die Schulter zu werfen, und er ließ meinen Arm fahren und krallte sich mit beiden Händen an meinem Gesicht fest. Ich preßte mich rückwärts gegen ihn, um den Druck zu mindern, und versuchte mich zwischen seine Füße zu stellen, doch er hebelte mich mit einem Bein aus. Ich zog ihn mit mir, als ich fiel, und hörte, wie sein Kopf auf die Fliesen prallte. Dann spürte ich Hände, die mich von ihm wegziehen wollten, aber ich riß mich los, faßte in seine Haare und schlug seinen Kopf wieder und wieder auf die Fliesen, bis ich die Besinnung verlor.

Als ich zu mir kam, saß ich im Fond eines Autos, und es war Tag. Mein ganzer Körper schmerzte, und meine Hände fühlten sich an, als wären sie verbrannt. Als ich mich aufrichtete, öffnete sich die Autotür. Es war Luciano. Sein Gesicht war grau vor Überanstrengung.

»Wie fühlen Sie sich jetzt, Signore?«

»Ich bin okay. Wo sind Gianni und die andern?«

»Sie waren lange bewußtlos, Signore. Ihr Zustand war schlimm, und es wurde hell. Es war wichtig, daß Gianni wegkam. Er hat mir gesagt, was ich tun sollte, und mir einen Brief für Sie mitgegeben, Signore.«

Er öffnete das Handschuhfach und hielt mir einen Briefumschlag hin. Ich griff danach und hatte das Gefühl, als hätte jemand einen rotglühenden Schürhaken in meinen Arm gestoßen. Dann bemerkte ich, daß meine Hände mit nassen Tüchern umwickelt waren. Luciano sagte ruhig: »Ich werde ihn für Sie aufmachen, Signore.« Er riß das Kuvert auf und glättete das Blatt Papier darin. Ich lehnte mich gegen die Seite des Autos und las.

Lieber Max,

ich muß jetzt los. Es hat länger gedauert als geplant, und es gibt ein paar Probleme. L. hat seine Anweisungen. Er wird Dir sagen, wie sie lauten, und sie ausführen. Er soll Dir einen Arzt besorgen. Die Finger der Hand, die Du Dir in S. M. verletzt hast, sehen schlimm aus.

Die andere Hand ist nur geschwollen, soweit ich das erkennen kann. Du solltest sie zu Hause in England noch einmal genau untersuchen lassen. Asti starb, als er das erste Mal mit dem Kopf aufschlug. Die Rechnung ist also beglichen. Trotzdem bin ich noch immer sehr traurig für Dich. Ich werde eine Messe für das Mädchen lesen lassen. Es ist eine Schande. Unsere persönliche Rechnung ist damit keineswegs beglichen, und ich stehe weiter in Deiner Schuld. Sobald sich die Situation etwas beruhigt hat, werde ich Dich besuchen kommen. Dann werden wir London auf den Kopf stellen, oder wie es bei Euch sonst heißt.

Ciao e augure,
Gianni.

Ich lehnte den Kopf gegen das Fenster und merkte, wie Lucianos unrasiertes Gesicht zu trudeln begann und langsam verschwamm, während die Schmerzen über mir zusammenschlugen. Es war wieder Abend, als ich zu mir kam. Ich roch Zigarettenqualm. Als ich mich rührte, hörte ich Lucianos Stimme. »Nicht bewegen, Signor Max. Wir müssen jetzt nicht mehr lange warten.«

»Worauf warten wir?«

Luciano drehte sich zu mir um und steckte mir eine Zigarette zwischen die Lippen. Sie waren taub wie beim Zahnarzt. Luciano hielt die Zigarette, während ich den Rauch einsog.

»Himmel, ist das kalt, Luciano. Wo sind wir?«

»In der Nähe von La Spezia, Signor.«

»Gott! Wir werden doch auf dem Boot erwartet. Mario wird sich Sorgen machen.«

»Keine Bange, Signor. Gianni hat bestimmt mit Mario telefoniert. Er wird herkommen und sich um Sie kümmern.«

»Woher soll er wissen, wo wir sind?«

»Es ist einer von Giannis Treffpunkten aus dem Krieg. Nicht weit von hier ist ein Restaurant. Er wird bald hier sein.«

»Sind wir auf der Hauptstraße, Luciano?«

»Nein, Signore. Wir sind auf einer Straße unterhalb des Passo del Cerreto.«

Ich erinnerte mich an den Namen; ich hatte ihn in den Berichten der Partisanen gelesen, war aber selbst niemals dort gewesen. Die Deutschen hatten versucht, die Gegend unter Kontrolle zu bekommen, es aber bald aufgegeben.

Als ich das nächste Mal aufwachte, hörte ich Stimmen. Sie sprachen sehr leise, doch ich erkannte die von Mario und rief nach ihm. Meine Stimme klang wie die der Ochsenfrösche in den Pontinischen Sümpfen.

Die Autotür wurde aufgezogen, und Mario kniete sich auf den Vordersitz. Er kam gleich zur Sache. »Wir haben eine lange Fahrt vor uns, Max. Wir bringen dich für ein paar Tage zu mir, bis es dir bessergeht. Verstehst du?«

»Sicher verstehe ich, aber das ist nicht nötig. Bring mich einfach zum Boot.«

»Max, ich tue, was Gianni angeordnet hat. In deinem Zustand kannst du kein Boot führen. Du brauchst Bettruhe.«

»Haben die Zeitungen über Timonetti berichtet?«

»Keine Ahnung. Ich habe zuviel zu tun, um Zeitung lesen zu können.«

»Wie lange wird die Fahrt dauern?«

»Gut eine Stunde.«

Es war wenig Verkehr auf der Küstenstraße, und Santa Margherita war wie leergefegt, als wir über die Piazza fuhren und uns nach rechts wandten, den Berg hoch zu Marios Villa. Mafalda erwartete uns, und als ich im Bett lag, brachte sie mir einen Teller Suppe und setzte sich zu mir aufs Bett, während ich sie auslöffelte.

»Es tut mir leid wegen all der Ungelegenheiten, Mafalda. Morgen bin ich wieder fit und mache mich davon.«

Sie lächelte beruhigend und strich mir über die Wange. »Du gehst, wenn Mario es sagt, und keine Minute eher.«

Drei Tage lang tat ich nichts anderes, als zu schlafen und in der Sonne zu sitzen. Ohne Radio, ohne Zeitungen. Und Mario und Mafalda weigerten sich, über Timonetti zu sprechen. Das konnte ich verstehen. Je weniger Eingeweihte, desto besser.

Der Arzt kam jeden Tag, um sich meine Hände anzusehen und sie hinterher wieder in Gips zu legen. Am Ende der Woche nahm er das letzte Heftpflaster ab. Die Knöchel waren zwar noch geschwollen, aber ich konnte die Hände wieder bewegen, wenn auch noch ungeschickt und langsam.

Beim Abendessen am Sonntag kam Mario auf meine Abreise zu sprechen. »Ich werde dich morgen hinüberbringen, Max. Wir gehen am Pont Saint Louis über die Grenze. Du benutzt deinen irischen Paß.

Es wird keine Schwierigkeiten geben; du wirst nur ein Tourist unter vielen sein.«

»Vielleicht sollte ich Gianni vorher anrufen.«

Mario ließ die Gabel, die er gerade zum Mund geführt hatte, sinken und blickte einen Augenblick auf seinen Teller. Dann sah er auf und schüttelte den Kopf. »Das würde ich nicht tun, Max. Die Polizei ist zur Zeit ziemlich geschäftig. Außerdem weiß ich nicht, wo er sich aufhält.«

»Ist das Boot noch in Ventimiglia?«

»Nein, wir haben es in den Hafen am Kap Martin gebracht. Das heißt, du bist bereits über die Grenze gegangen. Es ist vollgetankt und mit Proviant versorgt, nur Wasser mußt du noch auffüllen. Es wäre nicht gut gewesen, es so lange in den Tanks zu lassen. Übrigens ist Kap Martin der letzte Ort vor Toulon, wo du kostenlos Wasser bekommst. In Nizza und Cannes muß man es bezahlen.«

Wie Mario prophezeit hatte, gab es keine Probleme, als wir am Mittag die Grenze passierten. Die Fjord glänzte vor Sauberkeit. Ich hatte das Gefühl, nach Hause zu kommen. Wir saßen am Salontisch zusammen und leerten eine halbe Flasche Chianti. Dann ging Mario mit mir die Vorräte durch, und ich sah nach, ob mein Geld noch da war. Mario hatte auch an Diesel-Coupons gedacht; ich war mit allem versorgt.

Gegen vier Uhr verabschiedete sich Mario von mir, und ich nahm die Plane über dem Heckdeck ab. Es war das beste Stärkungsmittel für mich, wieder ein Boot seeklar zu machen. Ich begann mit den Batterien und klemmte die Ladevorrichtung an. Dann überprüfte ich die Tanks; sie waren randvoll. Als nächstes rollte ich den Wasserschlauch aus, und eine Stunde später waren auch die Wassertanks gefüllt. Bevor ich die Motoren startete, unterbrach ich den Ladevorgang der Batterien, ohne aber das Ladegerät abzuklemmen. Beide Maschinen kamen beim ersten Mal. Ich ließ sie zehn Minuten vor sich hin tuckern und schaltete sie dann wieder aus. Schließlich ging ich am Funkgerät die wichtigsten Seefunkbänder durch. Alles war in Ordnung.

Ich saß im Führerstand, als ein Junge am Kai entlangging. Er hatte eine Flasche in der Hand und inspizierte die Namen am Heck der ankernden Boote. Nachdem er sich heruntergebeugt und den Namen der Fjord entziffert hatte, sah er zu mir herüber. »Monsieur Farne?«

»Oui, j'y suis.«

Er lächelte und wedelte riskant mit der Flasche. *»C'est pour vous,* *la bouteille.«* Dann beugte er sich herunter und hielt sie mir entgegen. Es war 1966er Moët Chandon. An die Flasche war ein Kuvert geheftet. Ich reichte dem Jungen ein paar Francs und nahm das Kuvert von der Flasche. Darauf stand:

A Monsieur Max Farne
MV Lucky Penny
Rue du Quai
Trink den Champagner heute abend, bevor Du losfährst. Den Brief aber lies erst, *wenn Du den Hafen von Chichester vor Dir hast. Mario und Mafalda.*

Ich gab beim Hafenmeister meine geplante Route mit der voraussichtlichen Ankunftszeit in Nizza ab und ging zurück zum Boot. Dann ließ ich die Motoren an und hielt das Boot mit einem Enterhaken am Kai, während ich die Leinen löste. Bis ich vor den Felsen des Kaps war, hatte es zwölf Knoten Fahrt erreicht. Ich war ungefähr achthundert Meter von der Küste entfernt, konnte aber die Lichter der Autos auf der Küstenstraße ausmachen. Die Straße schlängelte sich in Serpentinen zwischen den großzügigen Grundstücken mit ihren Oliven- und Myrtenbäumen entlang. Von Cabbe oder Roquebrune her flakkerten Lichter über das Wasser. Ich justierte den Sharp-Autopilot auf Kurs Kap Ferrat und goß mir ein Glas Champagner ein. Ich fing an, mich wieder wohl zu fühlen.

Ich brauchte siebzehn Tage bis zum Kanal, hatte allerdings ein paar Tage Rast eingeschoben. Das Wetter schien umzuschlagen, wie stets, wenn der Höhepunkt des Sommers überschritten ist. Als ich in Barfleur festmachte, kam eine Sturmwarnung für Portland und Wight über den Sender. Ich blieb zwei Tage dort, ehe ich nach Chichester und meinem heimatlichen Birdham Pool weiterschipperte. Ich ankerte neben der *Sally*, und erst, als ich zwei Tage später meine Sachen von der *Lucky Penny* holte, fiel mir Marios Briefumschlag wieder in die Hände. Ich unterbrach meinen Umzug, riß das Kuvert mit einem Schraubenzieher auf und setzte mich mit einem Bier an den Tisch, um den Brief zu lesen.

Lieber Max,
ich hoffe sehr, Du hattest eine sichere, ungestörte Überfahrt. Man kann sehr einsam sein auf einer so langen Seereise, wenn man allein

mit sich ist, und ich wollte nicht, daß Dich das, was ich Dir mitzuteilen habe, während der Fahrt belastet.

Gianni Podoni wurde getötet, nachdem er die Villa verlassen hatte. Die Pelozzi war davongekommen und hatte sich mit jemandem in Mailand in Verbindung gesetzt. Daraufhin wurde eine Gruppe auf die Autostrada nach Mailand und eine zweite auf die nach Brescia angesetzt. So früh am Morgen war wenig Verkehr auf der Straße. Sie haben ihn eingekeilt und niedergeschossen. Er starb eine Stunde nach seiner Einlieferung im Krankenhaus in Brescia.

Das war der Grund, weshalb wir Dich von Zeitungen und Radio ferngehalten haben. Er war zwar nicht mein Typ, aber ich weiß, daß Du ihn gemocht hast, und Du warst für ihn ein Held.

Du hast diesmal viel Unglück erlebt, aber Du mußt es akzeptieren und irgendwie zum Alltag zurückkehren.

Die Aufregung um Timonetti hat sich gelegt. Man schiebt alles Gianni in die Schuhe. Trotzdem glaube ich, daß Du noch ein halbes Jahr abwarten solltest, bevor Du wieder hierherkommst, und sei es auch nur in Geschäften.

Gianni wurde in Neapel beigesetzt. Es waren eine Menge Leute bei seinem Begräbnis.

Laß mich wissen, was ich hier für Dich erledigen kann. Boote für Dich zu kaufen, fällt mir nicht schwer, aber ich bin kein so guter Verkäufer wie Du.

Mafalda und ich senden Dir unsere Liebe.

Ciao, Mario.

Zwei Tage später verkaufte ich die Fjord an einen Architekten aus Midhurst. Danach verbrachte ich zwei weitere Tage mit selbstauferlegter Arbeitstherapie auf der *Sally*, ehe ich den MGC aus der Garage in Chichester holte und am Donnerstag, nachdem ich die *Sally* zur Überholung in die Werft gebracht hatte, nach London fuhr.

Ich stieg im Brown's in der Dover Street ab. Ich brauchte diese dunkle gelassene Atmosphäre. Nach dem Mittagessen setzte ich mich ans Telefon. Ein patziges Mädchen aus der PR-Abteilung der Börse informierte mich darüber, daß sie niemals private Auskünfte über ihre Mitglieder weitergeben würden, aber James Bravington stände im *Who's Who*. Ich schlenderte zu Hatchards hinüber und schlug unter Bravington nach. Er besaß ein Haus in Limpsfield, Surrey.

Limpsfield war ein Dorf am Fuß der Downs und bestand aus einer

Ansammlung von Geschäften und Privathäusern. Der Kirchhof stieg leicht an und grenzte an ein Gerstenfeld, und ein alter Mann war gerade dabei, das Gras am Feldrain zu mähen. Jetzt im Spätsommer war es trocken und bräunlich, aber von hellrotem Klatschmohn und blauen Kornblumen belebt. Ich ging auf den alten Mann zu, und er richtete sich auf, schob seine Mütze in den Nacken und behielt die Hand am Schirm, während er mir entgegensah. Dann zeigte er in die Richtung, aus der ich kam.

»Es is' da hinten«, sagte er. »Sie müssen aber den Priester fragen, wenn Sie Fotos machen wolln.«

Ich schüttelte den Kopf. »Ich will keine Fotos machen.«

Er blinzelte mich gegen das Sonnenlicht an. In seinen flinken, aufmerksamen Augen zeigte sich Zweifel. »Sie wolln doch zum Delius-Grab, oder?«

»Nein, ich wußte gar nicht, daß er hier begraben liegt.«

»O ja. Er und seine Frau. Sie kommen alle, um es zu sehn, wissen Sie. Aber keiner legt Blumen aufs Grab.« Er gluckste. »Einer dieser Leute aus London hat mir gesagt, er is' am Tripper krepiert. Aber ich glaub, er wollt mich verkohln. Also, was such'n Sie dann, Mister?«

»Ein frisches Grab. Von einem Mädchen. Tammy Walton.«

Er runzelte die Stirn und kratzte sich am Kopf. »Kann mich nich an den Namen erinnern, es warn ein halbes Dutzend letzten Monat.«

»Ihr Stiefvater ist James Bravington. Er wohnt im Mead House in der Detillens Lane.«

»O ja, richtig, jetzt fällt's mir wieder ein. Ja. War ein junges Ding. Sie haben sie aus Afrika oder so hergebracht. Ist von Ausländern umgebracht worden. Das is' da drüben bei den Ebereschen. Sehn Sie, die mit den roten Beeren. Kamen spät dies Jahr. Sie können's gar nicht verfehlen.«

»Danke.«

Er machte sich wieder an die Arbeit, und ich ging am Rand des Kirchhofs entlang zu den Eschen. Und da war es. Ein sanfter, länglicher Erdhügel, auf dem ein billiger künstlicher Kranz lag, von Regen und Schlamm bespritzt, mit einer Schleife, auf der stand: »Unserer Tammy von Mummy und Daddy.« Sie hatten nicht mehr als nötig getan. Nichts von Liebe oder Trauer, nur die befolgte Konvention. Ich spielte mit dem Gedanken, zu ihnen zu gehen. »Mummy« mußte Fotos von Tammy besitzen, und ich hätte gern eins von ihnen gehabt. Aber ich ließ es sein.

Ich ging noch einem anderen Faden nach, während ich in London war. Ich telefonierte mit dem Pembury-Krankenhaus. Mavis Trevor war entlassen worden und wurde in ihrem Haus gepflegt.

Zurück in Birdham Pool, fand ich einige Briefe und ein kleines Päckchen aus Italien vor. Ich öffnete zuerst das Päckchen. Es enthielt ein kurze Mitteilung von Mario:

Lieber Max,
der Juwelier hat das Beiliegende heute ausgeliefert. Tammy hat es für Dich gekauft, aber noch bei ihm gelassen, weil etwas eingraviert werden sollte.

Herzlich,
Mario.

»Das Beiliegende« war ein silbernes Feuerzeug. Auf der Seite waren die Worte des Liedes eingraviert, das ich mir an jenem Abend in Rapallo gewünscht hatte.

Un sol' amore, e questo sei tu. T. W.

Ich hoffe, sie wußte, was sie bedeuteten.

Dick Francis

Weinprobe

Das Schicksal hat dem Weinhändler Tony Beach übel mitgespielt. Erst starb seine Frau, dann mußte er zusehen, wie seine besten Freunde unter einem Pferdetransporter begraben wurden.
Ein Unfall? Ums Leben kam dabei immerhin ein gewisser Larry Trent, in dessen Lokal die Getränke nicht immer das sind, was sie zu sein scheinen. Er bleibt nicht der einzige Tote, der die makabre Weinprobe des Spirituosenexperten Tony Beach begleitet.

ein Ullstein Kriminalroman

Ted Allbeury

Kinder der Geborgenheit

Polit-Thriller

ein Ullstein Kriminalroman

Die Bundesrepublik Deutschland in den siebziger Jahren: Unbekannte Täter schänden Synagogen und beschmieren jüdische Grabdenkmäler. Wer aber steckt hinter den neofaschistischen Umtrieben? Das russische KGB, argwöhnt der britische Secret Service und schickt seinen besten Mann nach Köln: Jacob Malik, der als Kind Auschwitz überlebt hat. Für Malik wird die Deutschlandfahrt zum Alptraum. Zumal er rasch herausfindet, wer tatsächlich hinter dem neuen Antisemitismus steckt. Und was.